AF192033

DIE ROSE DES PARADIESES

Cover designed by freepik

Thomas M. Meine (Ü./Hg.)

DIE ROSE DES PARADIESES

nach dem Buch
The Rose of Paradise
von Howard Pyle
erstmals erschienen im Jahre 1888

Bibliografische Information der Deutschen Nationalbibliothek:
Die Deutsche Nationalbibliothek verzeichnet diese Publikation in
der Deutschen Nationalbibliografie; detaillierte bibliografische
Daten sind im Internet über http://dnb.dnb.de abrufbar.

© *2024 Howard Pyle*
Verlag: BoD • Books on Demand GmbH, In de Tarpen 42,
22848 Norderstedt
Druck: Libri Plureos GmbH, Friedensallee 273, 22763
Hamburg

September 2024

ISBN: 978-3-7597-8739-2

INHALT

Anmerkung des Übersetzers:

Die Geschichte im Buch ist zwar fiktiv, hat aber auch historisch wahre Hintergründe.

Captain Edward England (bürgerlicher Name Edward Seegar, geb. um 1685), war ein berüchtigter, aus Irland stammender Seeräuber seiner Zeit.

Seine 'Karriere' als Pirat begann, als ein Schiff, auf dem er fuhr, vom Piratenkapitän Christopher Winter aufgebracht wurde. Er schloss sich (wohl notgedrungen) der Mannschaft an und bekam bald das Kommando über eine eigene Schaluppe.

Im Jahre 1718 verschärfte der neue Gouverneur auf den Bahamas die Gangart im Kampf gegen die Piraten. Viele von ihnen wurden gefangen genommen und meist hingerichtet. Das Zeitalter der Piraten neigte sich nun schnell seinem Ende zu.

Edward England setzte sich mit seiner Mannschaft ab und segelte nach Madagaskar. Er fuhr hinaus, kaperte einige Schiffe und kam 1720 wieder nach Madagaskar zurück. Dort stellte er drei Schiffe, unter anderem das britische Schiff *Cassandra* der Ostindien-Kompanie. Ein anderer Pirat, John Taylor, kümmerte sich zunächst um zwei Schiffe, die davongesegelt waren, während er selbst in einen Kampf mit der *Cassandra* verwickelt war.

Der in diesem Buch als Captain John Mackra bezeichnete Widersacher, war Captain James Macrae, der die *Casssandra* auf Grund laufen ließ und die Besatzung an Land brachte. Der Kampf zuvor endete sehr blutig für den Piraten, der zwar reiche Beute machte, aber auch 90 Männer verlor. Als die Mannschaft der *Cassandra* einige Tage später aus den Wäldern zurückkehrte, wollte sich Taylor an ihnen rächen. England hatte jedoch Mitleid und ließ sie auf einem anderen Schiff davonsegeln. Daraufhin rebellierte Taylor und ließ England und ein paar seiner Männer auf Mauritius aussetzen.

Es gelang England, ein Floß zu bauen und wieder nach Madagaskar zu gelangen. Dort erging es ihm, sehr schlecht; er musste um Nahrung betteln und starb dort Ende des Jahres 1720, wahrscheinlich an einer tropischen Krankheit.

Captain Edward England

I.

Boot ahoi! rief ich aus; dann hob ich meine Pistole und feuerte.

Dies ist ein ausführlicher Bericht über bestimmte Abenteuer, die Captain John Mackra in Verbindung mit dem berühmten Piraten Edward England im Jahre 1720 vor der Insel Anjouan im Kanal von Mosambik erlebt hat; geschrieben von ihm selbst, und nun zum ersten Mal veröffentlicht von HOWARD PYLE

Dieses Buch widmet der Autor seinem Freund Lewis C. Vandegrift.

Howard Pyle, 1888

Obgleich der offizielle Bericht über das schwere Gefecht zwischen der *Cassandra* und den beiden Piratenschiffen im Kanal von Mosambik bereits veröffentlicht wurde, sollte die Öffentlichkeit noch über viele weitere kleinere oder bedeutendere Umstände in dieser Angelegenheit informiert werden. Weil der erwähnte Bericht ohnehin zahlreiche Bemerkungen und Kommentare hervorgerufen hat, werde ich es auf mich nehmen, weitere, noch nicht bekannte Vorfälle, zu schildern.

Ich werde mich bemühen, sie weder in anspruchsvoller Rhetorik, noch mit romantischem Flair wiederzugeben, wie es die Roman- und Geschichtenschreiber manchmal tun, um die Aufmerksamkeit der Leute zu erregen, sondern diese Geschichte so direkt und mit so wenig Wortklauberei und Umschreibungen wie möglich zu erzählen.

Eine kurze Schilderung der Seeschlacht zwischen Captain Mackra und den beiden Piratenschiffen findet sich im offiziellen Bericht des Kapitäns, den er in Bombay verfasst hat. Sie wird in der Beschreibung des Lebens des Piraten England in Johnsons Buch: 'A Genuine Account of the Voyages and Plunders of the Most Notorious Pyrates, &c.', London, 1742*, erwähnt.

[* ein wahrer Bericht über die Reisen und Plündereien der berüchtigsten Piraten etc, London, 1742]

10

Zum Nutzen des Lesers werde ich diese wahre und ehrliche Schilderung in verschiedene Kapiteln aufteilen, die mit I., II., III. usw. gekennzeichnet sind, wie im Inhaltsverzeichnis aufgeführt, was ihm helfen mag, die weniger wichtigen von den wichtigeren Teilen der Erzählung zu trennen.

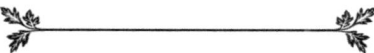

Laut meinem Logbuch – einem Tagebuch oder Journal der Ereignisse an Bord eines Schiffes – war es der 19. April 1720, als ich als Kapitän des Schiffes *Cassandra* der Ostindien-Kompanie, das nach Bombay segeln sollte, auf den Befehl zum Auslaufen wartete, als Mr. Evans, der Agent der Gesellschaft, mit einigen versiegelten und wichtigen Befehlen an Bord kam, die er mir in letzter Minute übergeben wollte.

Nachdem wir in meine Kabine gegangen waren und Platz genommen hatten, überreichte mir Mr. Evans zwei Umschläge, von denen einer an mich und der andere an einen Benjamin Longways andressiert war.

Er begann dann, mir zu erklären, dass die Kompanie eine sehr heikle Angelegenheit von größter Wichtigkeit zu regeln habe. Sie beabsichtigen, diese nur einem bewährten und würdigen Diener anzuvertrauen, und sie hätten mich als den geeigneten Mann für diese Aufgabe ausgewählt. Sie sei von solcher Art, dass sie den Transfer im Wert von vielen tausend Pfund beinhalten würde.

Er teilte mir ferner mit, dass die Kompanie vor ein oder zwei Jahren dem König von Anjouan, einer Insel zwischen Madagaskar und der Ostküste Afrikas, gewisse Hilfe geleistet habe, als zwischen ihm und dem König einer benachbarten Insel namens Mohéli Krieg herrschte. Ich sollte auf meiner Reise in Anjouan Halt machen und dort durch Mr. Longways, dem dortigen Agenten der Kompanie, ein Paket von größter Wichtigkeit in Empfang nehmen, das etwas mit der Regelung gewisser Angelegenheiten zwischen der Ostindien-Kompanie und dem König dieser Insel zu tun hatte.

An Ende seiner Rede sagte er noch, dass er nicht zögere, mir mitzuteilen, dass dieses Päckchen, das ich dort von Mr. Longways erhalten würde, bestimmte Zahlungen an die Ostindien-Kompanie betrifft und, wie er bereits gesagt hatte, den Transfer von vielen tausend Pfund mit sich bringe, woraus ich ersehen könne, wie notwendig große Vorsicht und Umsicht bei dieser Transaktion sei.

»Aber Sir«, sagte ich, »die Kompanie begeht sicher einen großen Fehler, wenn sie einem so jungen und unerfahrenen Mann wie mir eine so wichtige Unternehmung anvertraut.«

Mr. Evans lachte nur darüber und sagte, es gehe ihn nichts an, aber nach dem, was er beobachtet habe, sei er der Meinung, die ehrenwerte Kompanie habe in meinem Fall eine gute Wahl getroffen, und zwar die eines 'scharfen' Werkzeugs.

Er sagte auch, dass ich in dem Umschlag, der an mich adressiert war und mir ausgehändigt wurde, so detaillierte Anweisungen finden würde, wie ich sie benötige, und dass der andere Umschlag an Mr. Longways zu übergeben sei und eine Anweisung für den oben erwähnten Transfer darstelle.

Kurz darauf verließ er das Schiff und wurde, nach vielen freundlichen und wohlwollenden Wünschen seinerseits, für eine schnelle und erfolgreiche Reise, an Land gerudert.

Hier, wie auch an anderer Stelle in diesem Bericht, sollte erwähnt werden, dass die schriftlichen Anweisungen der Kompanie an mich nur wenig enthielten, was mir nicht bereits von Mr. Evans mitgeteilt worden war, mit Ausnahme einiger Einzelheiten und der weiteren Anweisung, dass das, was mir der Agent in Anjouan übergeben würde, an den Gouverneur in Bombay auszuliefern sei und dass ich von ihm eine schriftliche Quittung dafür erhalten sollte.

Ich kannte damals auch nicht die Art des Auftrags, den ich zu erfüllen hatte, außer dass er von großer Bedeutung war und dass es eine beträchtliche Summe involviert war.

Die Besatzung der *Cassandra* bestand aus insgesamt einundfünfzig Personen, Offizieren und einfachen Seeleuten. Daneben gab es sechs Passagiere, deren Auflistung ich nachstehend wiedergebe, wie ich sie aus meinem Logbuch entnommen habe:

Captain Edward Leach (in Diensten der Ostindien-Kompanie).

Mr. Thomas Fellows (der die neu gegründete Vertretung der Kompanie in Cuttapore übernehmen sollte).

Mr. John Williamson (ein junger Kadett).

Mrs. Colonel Evans (eine Schwägerin des oben erwähnten Agenten der Kompanie).

Mistress Pamela Boon (eine Nichte des Gouverneurs in Bombay).

Mistress Ann Hastings (die Zofe der jungen Dame).

Von Mistress Pamela Boon spreche ich nur mit äußerster Zurückhaltung, scheue mich aber nicht, solche Dinge wie unsere späteren Beziehungen zueinander öffentlich zu machen. Ich kann jedoch so viel ohne Indiskretion sagen, dass sie damals eine junge Dame von achtzehn Jahren war. Ihr Vater, ein Geistlicher, war im Jahr zuvor verstorben und sie wollte sich auf dem Weg nach Indien begeben, um zu ihrem Onkel zu gehen, welcher der oben erwähnte

14

Gouverneur in Bombay war und ihr als Vormund bestimmt wurde.

Es ist auch nicht nötig, den Leser mit irgendwelchen Abhandlungen über die anderen Passagiere zu ermüden, mit Ausnahme von Captain Leach, an den ich mich bis zum letzten Tag meines Lebens aus gutem Grund erinnern werde.

Er war ein großer, stattlicher Bursche von etwa achtundzwanzig Jahren, von gutem Körperbau und stammte aus einer alten und ehrbaren Familie aus Hertfordshire. Er war stets überaus freundlich und liebenswürdig zu mir und behandelte mich bei jeder Gelegenheit mit dem größten Wohlwollen, und doch empfand ich vom ersten Augenblick an, als ich ihn gesehen hatte, eine große Abneigung gegen seine Person.

Wie sich später herausstellte, hatten mich meine Instinkte nicht in die Irre geführt, noch hatte ich mich in meinen Gefühlen getäuscht, wie es bei ähnlichen Gelegenheiten so oft der Fall ist.

Nach einer etwas längeren Reise als gewöhnlich und einem Zwischenstopp auf St. Helena, wo sich in letzter Zeit eine unserer Stationen befand, sichteten wir gegen Mitte Juli die Südküste Madagaskars und gingen am 18. in einer kleinen Bucht an der Ostseite der Insel Anjouan vor Anker.

Wegen der Untiefen des Wassers und des Fehlens eines sicheren Ankerplatzes, der an einer so tückischen und gefährlichen Küste sehr wichtig ist, konnten wir nicht in den Hafen vor der Stadt des Königs einlaufen.

Wir fanden dort zwei andere Schiffe – die *Greenwich*, mit Captain Kirby, ein englisches Schiff, und ein 'Ostender' [Schiff der Kaiserlichen Ostendischen Kompanie], ein großes, plumpes, wannenförmiges Schiff.

Ich war sehr verärgert darüber, dass ich der Stadt des Königs nicht näher kommen konnte, als es damals für mich möglich war, da sie etwa sieben oder acht Meilen vom nördlichen Ende der Insel entfernt lag. Noch mehr ärgerte es mich, dass wir nicht mit Booten dorthin gelangen konnten, es sei denn durch eine lange Umrundung des Kaps im Norden, was die Reise auf fast dreißig Meilen verlängern würde.

Abgesehen von all dem war ich noch mehr beunruhigt, als ich von Captain Kirby von der *Greenwich* erfuhr, dass die Piraten in diesen Gewässern seit einiger Zeit sehr lästig wurden.

Er sagte, dass er, als er kurz nach seiner Ankunft an diesem Ort an Land gegangen war, um eine geeignete Stelle zum Wasserfassen zu suchen, vierzehn Piraten vorgefunden hatte. Sie waren in ihren Kanus von Mayotte gekommen, wo das Piratenschiff, zu dem sie gehörten, nämlich die *Indian Queen*, ein Zweihundertfünfzig-Tonner, mit achtundzwanzig Kanonen und neunzig Mann Besatzung, kommandiert von Captain Oliver de la Bouche, auf dem Weg von der Küste Guineas nach Ostindien aufgebracht wurde und verlustig gegangen war.

Ich fragte Captain Kirby, was er mit den Schurken gemacht habe. Er sagte mir, 'gar nichts', und dass es umso besser sei, je weniger man mit solchen Burschen zu tun habe.

Darüber war ich sehr erstaunt, und dass er keine Schritte unternommen hatte, um einem solchen Nest von niederträchtigen, bösen und blutrünstigen Schurken ein Ende zu bereiten, wo er es doch so klar in der Hand hatte, vierzehn von ihnen auf einmal zu ergreifen. Er hätte wissen müssen, dass sie, wenn sie sich von diesem Ort entfernten und zu ihresgleichen gelangten, nicht nur den anderen Schwierigkeiten bereiten würden, sondern auch jedem weiteren Schiff, das sich zu dieser Zeit im Hafen befand.

Ich bemerkte etwas in diesem Sinne, worauf er sehr zornig wurde und sagte, wenn ich nur halb so viel erlebt hätte wie er, wäre ich nicht so frei in meinen Drohungen, dies oder jenes mit einer Gruppe von armen Schluckern zu tun, die auch nicht anders sind als so viele Teufel aus der Hölle, die einem Menschen ohne Skrupel die Kehle durchschneiden würden, ohne Angst oder Reue.

Ich erwiderte nichts darauf, denn die Piraten waren inzwischen weit genug weg, und ich war bereit, anzunehmen, dass Captain Kirby das getan hatte, was er in dieser Angelegenheit für das Beste hielt, doch die Flucht dieser bösen Schurken brachte mir mehr Ärger ein als in meinem ganzen bisherigen Leben.

Aber, wie gesagt, ich war in einer ziemlichen Klemme mit all diesen Dingen, denn ich konnte mein Schiff nicht in angemessener Entfernung von der Stadt des Königs vor Anker bringen, noch konnte ich es verlassen und eine Reise antreten, die einen Tag oder mehr dauern würde, falls die Piraten in meiner Abwesenheit vorbeikommen würden.

Ich mochte auch keinen der mir unterstellten Offiziere mit der Ausführung des Auftrags betrauen, da er so überaus heikel und geheim war.

Zu diesem Zeitpunkt, als alle meine Passagiere wussten, dass wir diesen Ort nicht verlassen konnten, bevor ich nicht bestimmte Papiere an den Agenten der Gesellschaft in der Stadt des Königs übermittelt hatte, kam Captain Leach zu mir und meldete sich freiwillig, die an Mr. Longways adressierte Sendung zu überbringen.

Zunächst war ich nur wenig geneigt, seine gefällige Bereitschaft anzunehmen. Da ich aber innerlich das Gefühl hatte, dass ich ihm durch mein gegen ihn gehegtes Vorurteil unrecht tun könnte, beschloss ich, die Angelegenheit noch einmal zu überdenken, bevor ich sein Hilfsangebot vorschnell ablehnte.

In der Tat kann ehrlich sagen, dass ich seine Hilfe bei einer höheren Meinung gegenüber seiner Person sogar eher abgelehnt hätte. So aber sah ich keinen Grund, sein Angebot nicht anzunehmen. Er galt überall als ein Mann von Rechtschaffenheit und Ehre, und ich hatte keinen wirklichen Grund, diese Meinung infrage zu stellen, und so endete die Angelegenheit damit, dass ich seine Hilfe mit der besten mir gegebenen Haltung, annahm, wenn auch nicht mit sehr viel Wohlwollen, und ihm erlaubte, zehn Freiwillige als Bootsmannschaft für die Expedition auszuwählen.

II.

(Der Leser wird erfreut sein, festzustellen, dass ich, nach dem vorstehend angedeuteten Plan, hier einen zweiten Teil oder ein zweites Kapitel meiner Erzählung beginne, wobei es sich im ersten Teil von unserer Reise bis nach Anjouan und damit zusammenhängenden Dingen gehandelt hatte, während das folgende sich auf ein ganz anderes Thema bezieht, nämlich auf die Art des mir auferlegten Vertrauens, das bisher nur kurz erwähnt worden ist).

Ich glaube nicht und habe auch nie geglaubt, dass Captain Leach mit seinem Angebot, meinen Auftrag auszuführen, etwas anderes im Sinn hatte, als eine so ausgezeichnete Gelegenheit zu nutzen, um nach einer langen und ermüdenden Seereise ein fremdes Land und Volk zu sehen. Dennoch war es einer der größten Fehler meines Lebens, dass ich ihn gehen ließ, und er kam mir teuer genug zu stehen, bevor ich ihn wieder gutmachen konnte.

Die Expedition unter seiner Leitung war drei Tage lang unterwegs, dann kehrte er zusammen mit einem großen Kanu zurück, das von einer Mannschaft von etwa zwanzig großen, stämmigen Schwarzen bemannt war, und in dessen Heck zwei oder drei mit Federn und Perlen geschmückte Männer saßen, von denen ich wusste, dass sie Häuptlinge und Krieger waren.

Im Boot der *Cassandra* saß ein Fremder neben Captain Leach, der sich sehr munter unterhielt und von dem ich wusste, dass er kein anderer als Mr. Longways, der Agent der Kompanie, sein konnte.

Sobald das Boot der *Cassandra* längsseits war, hüpfte er wie ein Affe die Bordwand hinauf und verbeugte sich höflich, sobald seine Füße das Deck berührten, was ich mit aller Ernsthaftigkeit erwiderte, die mir zur Verfügung stand.

Mr. Longways war ein kleiner, hagerer, schlanker Mann, der mit großer Sorgfalt und nach der allerneuesten Mode gekleidet war, die er finden konnte. Daraus und aus seinen höflichen, affektierten Manieren und Grimassen erkannte ich, dass er nur selten die Gelegenheit hatte, an Bord eines Schiffes zu kommen, auf dem sich Damen als Passagiere befanden.

Nach Mr. Longways kam Captain Leach und nach ihm die drei großen, hochgewachsenen Häuptlinge der Eingeborenen. Sie waren halb nackt und ihre Haare waren nach einer höchst merkwürdigen und seltsamen Art frisiert.

Zuerst wollten sie sich zu meinen Füßen niederwerfen, aber ich hinderte sie daran. Daraufhin nahmen sie meine Hand und legten sie auf ihre Köpfe, was alles andere als angenehm war, denn ihr Haar war dick mit Gummiharz und Fett eingerieben.

Ich ging sofort auf dem Weg zu meiner Kajüte voran; die Häuptlinge folgten dicht auf unseren Fersen.

Mr. Longways ging neben mir her und schnitt in einer höchst affektierten Weise Grimassen, wie ein kleines altes Äffchen. Ich konnte mir ein Schmunzeln nicht verkneifen, als ich sah, wie er seine Beobachtungen auf die Damen richtete, insbesondere auf Mistress Pamela, die oben an der Reling des Decks stand.

Mr. Longways trug eine starke, eiserne Depeschenkassette, die etwa so groß war wie diejenigen, welche die Boten bei einer Bank benutzen, und sobald wir in meine Kabine gekommen waren, ließ er sie mit großem Getöse auf den Tisch krachen.

»Hier«, sagte er und stieß einen tiefen Seufzer aus; »ich bin jedenfalls froh, dass ich sie los bin.«

»Nun«, sagte ich, »Mr. Longways, steckt denn so viel in dieser kleinen Kassette?«

»In der Tat, ja«, sagte er, »genug, um Sie und mich zu reichen Männern zu machen.«

»Ich wundere mich«, sagte ich lachend, »dass Sie sie mir so einfach bringen, wo Sie sich doch selbst damit hätten davonmachen können, ohne dass jemand eine Ahnung davon gehabt hätte.«

»Nein, nein«, sagte er sehr ernst, ohne auf meinen Scherz einzugehen, und ruckte mit dem Kopf in Richtung der schwarzen Häuptlinge, die sich in der Nähe des Tisches auf ihre Hintern gehockt hatten – »nein, nein. Unsere Freunde dort drüben haben ihre Augen scharf auf mich gerichtet, obwohl sie kein einziges Wort von dem verstehen, was wir einander sagen.«

Während wir uns unterhielten, holte ich eine Karaffe mit Portwein und fünf Gläser und schenkte allen Wein ein, den die schwarzen Männer ebenso genüsslich tranken wie Mr. Longways und ich.

Nachdem Mr. Longways ausgetrunken hatte, spitzte er die Lippen und stellte sein Glas mit großer Geste ab.

»Und nun«, sagte er mit einer komischen Grimasse der Eitelkeit und Selbstgefälligkeit, »lassen Sie uns ohne weiteren Zeitverlust zum Geschäft kommen. Zuallererst muss ich Sie aber fragen, Sir, wissen Sie, wofür dieser ganze Schatz ist?«

Ich bejahte dies und sagte, dass Mr. Evans mir mitgeteilt hatte, dass es sich um die Bezahlung für eine gewisse Hilfe handelte, die die Ostindien-Kompanie dem König dieses Landes geleistet hatte.

»Und wie anders«, sagte er sehr langsam und legte den Kopf auf die Seite, »und wie anders sollte unser 'King Coffee' solche Zahlungen leisten? Mit Wechseln gezogen auf die Bank von Afrika? Nein, nein. Der ganze Schatz befindet sich in dieser Kiste, jeder rote Heller davon, und ich, Sir, bin von der ehrenwerten Ostindien-Kompanie dazu auserwählt worden, für mehr als zwei Wochen die alleinige und vollständige Verantwortung dafür zu tragen.«

Dabei schaute er mich sehr streng an, als ob er dachte, ich würde irgendeine Bemerkung zu dem machen, was er mir mitgeteilt hatte; aber da ich nichts sagte, nahm er seine Rede nach seiner eigenen Art wieder auf.

»Ich sehe«, sagte er, »dass Sie das Ausmaß des Vertrauens, das mir auferlegt wurde, nicht zu schätzen wissen. Ich werde es Ihnen zeigen, Sir.«

Kurzerhand holte er einen Bund mit Schlüsseln aus seiner Tasche. Er betrachtete sie, einen nach dem anderen, bis er einen fand, der etwas kleiner war als der Rest von ihnen und einen sehr seltsam gearbeiteten Anhänger hatte.

»Sehen Sie diesen hier an«, sagte er, »es gibt nur drei gleiche von ihnen auf der Welt. Ich habe den einen, 'King Coffee' den anderen und der Gouverneur von Bombay den dritten.«

Mit diesen Worten steckte er den Schlüssel in das Schloss der Kassette. »Halten Sie für einen Moment ein, Sir«, sagte ich sehr ernst und legte meine Hand auf seinen Arm.

»Haben Sie sich gut überlegt, was Sie da tun? Mr. Evans, der Vertreter der Kompanie, hat mir nichts weiter über die Art der mir anvertrauten Sache gesagt, außer dass sie von sehr großem Wert ist; und ohne dass Sie die Anweisung erhalten haben, mir mehr über diese Angelegenheit zu sagen, bezweifle ich sehr, dass die Gesellschaft beabsichtigt hat, dass ich mehr darüber erfahre.«

»Sehen Sie, Captain Mackra«, sagte er gereizt, »Tom Evans ist ein Mann und ich bin ein anderer, und ich sage Ihnen außerdem, dass ich ein ebenso wichtiger Agent bin wie er, auch wenn er in London lebt und ich in diesem abscheulichen heidnischen Land. Selbst wenn ich nicht vorgehabt hätte, Ihnen gegenüber diesen Schatz zu enthüllen, würde ich ihn jetzt zeigen, denn ich möchte nicht, dass jemand denkt, Tom Evans sei ein wichtigerer Mann als ich.«

Mit diesen Worten drehte er kurzerhand den Schlüssel um und warf den Deckel der Kassette zurück.

In diesem Moment blickte ich gerade auf die drei Häuptlinge und sah, dass sie uns beobachteten, wie eine Katze ein Mauseloch; aber sobald sie bemerkten, dass ich sie ansah, wandten sie ihre Augen so schnell ab, dass ich kaum sicher sein konnte, in diese geblickt zu haben.

In der Kassette befanden sich eine große Menge getrockneter Palmblattfasern, die um ein Baumwollknäuel gewickelt waren, das Mr. Longways sehr vorsichtig und behutsam anhob. Als er es öffnete, kam er zu einer kleinen Rolle aus gegerbtem Leder, ähnlich dem Sämischleder, das Juweliere und Uhrmacher verwenden, und das sorgfältig mit einer dicken Schnur aus Palmfasern umwickelt war.

Mr. Longways begann mühsam den Knoten in dieser Schnur zu lösen, und obwohl ich nicht sagen kann, warum, hatte die ganze Angelegenheit etwas an sich, das mein Herz in meiner Brust sehr heftig und schwer schlagen ließ.

Mr. Longways schaute mich unter seinen Augenbrauen mit einem sehr neugierigen Blick an. »Haben Sie jemals«, sagte er, »von der 'Rose des Paradieses' gehört?«

Ich schüttelte meinen Kopf.

Mr. Longways schaute mich unter seinen Augenbrauen mit einem sehr neugierigen Blick an.

»Dann werde ich sie Ihnen zeigen«, sagte er und begann, die Schnur von der Rolle aus weichem Leder abzuwickeln, deren Falten er kurz darauf öffnete.

Als ich dann in seine Hand hinunterblickte und sah, was sich auf dem gegerbten Leder befand, war ich so erstaunt, dass ich weder Atem noch Sprache fand, um ein einziges Wort zu sagen.

III

Es war ein Rubin, der schönste, den ich je gesehen hatte, und etwa so groß wie ein Taubenei.

Beim Anblick dieses wunderbaren Schmuckstücks wurden meine Gedanken so aufgewühlt, dass ich wie bei einem Schüttelfrost durchgerüttelt wurde und mir der Schweiß in großen Tropfen von der Stirn lief.

»Um Gottes willen, packen Sie ihn wieder weg, Mann!« rief ich, sobald ich wieder zu Atem und Verstand gekommen war.

In meiner Stimme lag etwas, das Mr. Longways erschreckt haben muss, denn er sah sehr beunruhigt und verblüfft aus; doch er versuchte gleich, es als Scherz abzutun.

»Kommen Sie, kommen Sie«, sagte er, während er den Stein wieder in das weiche Leder einwickelte, »kommen Sie, kommen Sie, es ist alles unter Freunden und es ist nichts passiert.«

Aber ich antwortete mit keinem Wort, sondern begann, in der Hütte auf und ab zu gehen, so ergriffen von dem, was ich gesehen hatte, dass ich weder meine Laune noch meine Fassung wiedergewinnen konnte.

Je mehr ich über die Angelegenheit nachdachte, desto weniger gefiel sie mir; denn sollte nun mit Stein etwas passieren und er verloren gehen, so würde jeder

Verdacht auf mich fallen, da ich den Wert des mir anvertrauten Gegenstandes kannte.

Ich konnte mich nur über die törichte und plaudertaschenhafte Eitelkeit von Mr. Longways wundern, die ihn dazu veranlasst hatte, einem unbekannten Fremden etwas zu verraten, das selbst ich, sonst nicht sehr bewandert im Wert solcher Edelsteine, leicht als einen gewaltigen, unschätzbaren Schatz erkennen konnte, der jeden Mann ein Leben lang reich machen würde. Noch heute wundere ich mich darüber, warum die Ostindien-Kompanie einen solchen Mann in eine wichtige Vertrauensstellung gebracht hat, wobei der einzige Grund, den ich mir denken kann, der ist, dass kein besserer Mann gefunden werden konnte, der die Vertretung an diesem Ort übernehmen konnte.

»Schauen Sie«, sagte ich und wandte mich ihm abrupt zu, »haben Sie noch jemandem von diesem Juwel, dieser 'Rose des Paradieses', erzählt?«

»Nun – «, sagte er, hielt inne und begann mürrisch an seiner Unterlippe zu knabbern.

»Kommen Sie«, sagte ich, »sprechen Sie Klartext, Master Longways, denn jetzt ist keine Zeit zum Herumtrödeln.«

»Nun«, sagte er und platzte damit heraus, »ich habe Captain Leach etwas davon erzählt, der, wie ich Ihnen sagen möchte, ein Gentleman ist, und ein Ehrenmann obendrein.«

»Und sagen Sie mir«, bemerkte ich, ohne auf seine Lobhudeleien zu achten, »haben Sie ihm den Stein auch gezeigt?«

Er schaute hoch und runter, als wüsste er nicht, was er sagen sollte.

»Kommen Sie, Sir«, sagte ich streng, nachdem ich ein oder zwei Augenblicke gewartet und er mir nicht geantwortet hatte, »kommen Sie, Sir, ich möchte gerne eine Antwort haben, wenn Sie so gut wären. Sie werden sich erinnern, dass dieses Vertrauen nicht nur Sie, sondern auch mich selbst betrifft, und wenn dem Juwel etwas zustößt, werde ich ebenso wie Sie dafür geradestehen müssen. Nun, wie ich bereits sagte, beantworten Sie jetzt meine Frage.«

»Warum«, sagt er, »Master Captain, und was, wenn ich es getan hätte? Wollt Ihr die Ehre von Captain Leach infrage stellen? Ich habe ihm den Stein eines Tages gezeigt, als wir am Strand anhielten, um Wasser zu holen, wenn Sie es unbedingt wissen wollen; aber ich kann Ihnen versprechen, dass ihn sonst keine andere Seele außer Ihnen gesehen hat, seit ich 'King Coffee' meine unterschriebene Quittung dafür gegeben habe.«

Ich gab keinen weiteren Kommentar ab, sondern begann wieder, in der Hütte auf und ab zu gehen, sehr beunruhigt durch das, was ich gehört hatte.

Es half nichts, den armen Narren zu tadeln, der mich die ganze Zeit über mit einem sehr besorgten und beunruhigten Gesicht beobachtete.

»Sir«, sagte ich schließlich, indem ich mich zu ihm hindrehte, »Sir, ich glaube nicht, dass Sie wissen, was für eine große Dummheit Sie in dieser Angelegenheit begangen haben. Von Rechts wegen hätte ich nichts mehr mit der Sache zu tun, sondern sollte es Ihnen überlassen, diese mit der Kompanie zu regeln, wie auch immer Sie das anstellen, aber meine Anweisungen lauteten, den Stein in Bombay abzuliefern.«

»Ich habe Ihnen nichts vorzuwerfen, aber ich muss Ihnen deutlich sagen, dass ich Sie nicht länger auf meinem Schiff haben kann. Ich will Ihnen nicht befehlen müssen, abzureisen, aber ich würde Ihnen sehr dankbar sein, wenn Sie, ohne längeren Aufenthalt, in die Stadt des Königs zurückkehren würden.«

Bei dieser Ansprache wurde Mr. Longways sehr rot im Gesicht. »Sir! Sir!«, rief er, »Sie wagen es, mir, einem Agenten der Ostindien-Kompanie, zu befehlen, eines der eigenen Schiffe dieser Kompanie zu verlassen?«

»Das«, antwortete ich, »müssen Sie nach Ihrem eigenen Gutdünken tun.«

»Nun gut!«, sagte er; »geben Sie mir eine Quittung für den Stein, und ich werde gehen, obwohl ich Ihnen deutlich sage, dass die Kompanie von der Art und Weise erfahren wird, wie Sie mich behandelt haben.«

Ich antwortete nichts weiter auf seine Worte, sondern setzte mich hin und schrieb die Quittung aus, wobei ich allerdings die Art und Weise angab, in der die Rose des Paradieses sowohl Captain Leach als auch mir gezeigt worden war.

Eine Zeit lang weigerte sich Mr. Longways vehement, das Papier in der Form anzunehmen, in der es verfasst war; als er aber feststellte, dass er nichts Besseres bekommen konnte und dass er es entweder annehmen oder den Stein in seinem Besitz behalten musste, bis sich eine weitere Gelegenheit bot, ihn nach Bombay zu schicken, war er schließlich bereit, das zu nehmen, was er bekommen konnte. Daraufhin faltete er das Papier zusammen, steckte es in seine Tasche, und verließ die Kabine mit einer großen Show der Würde, ohne mich auch nur anzusehen oder ein Wort zu mir zu sagen.

Er und die Häuptlinge stiegen in das große Kanu und ruderten davon, und ich sah ihn danach für über eine Woche nicht mehr, worüber ich im weiteren Verlauf meiner Erzählung noch mehr berichten werde.

IV.

Nachdem Mr. Longways die Kajüte verlassen hatte, ging ich nicht sofort an Deck, sondern saß mit einer Vielzahl von Gedanken beschäftigt da und betrachtete abwesend die Kassette mit dem Schatz und die leeren Gläser mit den verbliebenen Weinresten.

Direkt vor mir war ein kleiner Spiegel an der Backbordseite der Kajüte befestigt, sodass ich, von meinem Platz aus, die Kajütentür sehen konnte, wenn ich nur den Blick hob. Im oberen Teil der Tür befand sich ein kleines Fenster mit zwei Glasscheiben, das sich unter dem Überhang des Achterdecks öffnen ließ.

Ich weiß nicht, was es war, aber irgendetwas veranlasste mich, von meinem Platz aufzublicken, und durch die Scheibe sah ich Captain Leach, der mit einem äußerst seltsamen Gesichtsausdruck durchs Fenster hereinschaute. Er sah nicht mich an, sondern die eiserne Kassette auf dem Tisch, und ich starrte ihn etwa acht oder zehn Sekunden lang an, wobei sich weder sein Blick, noch er sich selbst bewegte.

Plötzlich hob er die Augen und schaute direkt auf die Fensterscheibe, und sein Blick traf den meinen. Ich hatte gedacht, er wäre verwirrt, und einen Moment lang schien es, als würde sein Blick erstarren, aber er fing sich sofort wieder und klopfte leicht an die Tür. Ich forderte ihn auf, hereinzukommen, ohne mich von der Stelle zu bewegen.

Er tat, wie ihm geheißen und setzte sich auf den Stuhl, auf dem Mr. Longways nur wenige Augenblicke zuvor gesessen hatte. Ich gestehe, dass ich sowohl erschrocken als auch verärgert darüber war, dass er mich auf diese Weise sozusagen ausspionierte, sodass es ein oder zwei Augenblicke dauerte, bis ich es fertig brachte, zu sprechen.

»Sir«, sagte ich schließlich, »diese Reise war für Sie sicher lang genug gewesen, um zu verstehen, dass die Höflichkeit an Bord es von Ihnen erfordert, dem Kapitän eine Nachricht zukommen zu lassen, um ihm mitzuteilen, ob man abgemustert hat oder nicht.«

Captain Leach zeigte keine Regung auf meinen Vorwurf. »Captain Mackra«, sagte er ruhig, »ich weiß nicht, was dieser schwatzhafte Narr von einem Agenten zu Ihnen gesagt hat oder nicht, aber ich sage Ihnen, dass er sich entschieden hat, mir einige wichtige Dinge über die Ostindien-Kompanie zu verraten, und dass sich in der Kassette dort drüben ein großer Rubin befindet, der fast dreihundertfünfzigtausend Pfund Sterling wert ist.«

Ich muss gestehen, dass ich über den Wert des Steins sehr erstaunt war, der noch höher war, als ich es mir vorgestellt hatte, aber ich bemühte mich, meinem Gesprächspartner nichts von meinen Gefühlen zu zeigen.

»Nun, Sir?«, sagte ich und sah ihm direkt ins Gesicht.

Er schien über mein Verhalten etwas erstaunt zu sein, brachte dann aber ein leichtes Lachen heraus.

»Sie nehmen die Sache mit bewundernswerter Gelassenheit«, sagte er, »weit größer, als ich es an Ihrer Stelle tun würde. Aber zumindest werden Sie jetzt verstehen, warum ich lieber selbst zu Ihnen gekommen bin, als einen Boten zu Ihnen zu schicken, wenn es um eine so heikle Angelegenheit geht.«

»Nun, Sir?«, sagte ich.

Captain Leach sah einen Moment lang so aus, als wüsste er nicht, was er als Nächstes sagen sollte, doch dann ergriff er wieder das Wort.

»Ich bin zu Ihnen gekommen«, sagte er, »ohne zu wissen, ob Mr. Longways Ihnen den Wert des auferlegten Vertrauens verraten hat oder nicht, wie er es mir gegenüber getan hat. Und da ich nun leider selbst von der Kenntnis dieses Schatzes betroffen bin und somit Ihre Verantwortung teile, bin ich hierher gekommen, um zu erfahren, welche Schritte Sie zu unternehmen gedenken, um die Sicherheit des Steins zu gewährleisten.«

Ich habe die Erfahrung gemacht, dass ein Mann, dem man erlaubt, ohne Einschränkung zu reden, früher oder später das verrät, was ihm durch den Kopf geht. Von dem Augenblick an, als Captain Leach seine letzten Worte sprach, hegte ich den dunkelsten und unheimlichsten Verdacht hinsichtlich seiner

Absichten; von diesem Zeitpunkt an vertraute ich keinem seiner Worte und keiner seiner Handlungen, sondern war bereit, in allem etwas zu sehen, das meine Zweifel an seiner Rechtschaffenheit weckte.

Diese Gefühle rührten auch nicht nur von seinen Worten her, sondern ebenso sehr von der Tatsache, dass ich ihn dabei ertappt hatte, wie er sozusagen in meine Privatsphäre eindrang.

»Sir«, sagte ich und erhob mich von meinem Platz, »ich bin Ihnen unendlich dankbar für Ihre Freundlichkeit in dieser Angelegenheit, aber da ich mich im Moment mit Dingen von erheblicher Bedeutung beschäftige, die meine größte Aufmerksamkeit erfordern, muss ich Sie bitten, mich zu entschuldigen.«

Captain Leach sah mich ein oder zwei Augenblicke lang an, als ob er noch etwas sagen wollte. Er sprach jedoch nicht, sondern erhob sich, machte eine tiefe Verbeugung und verließ die Kajüte ohne ein weiteres Wort.

Der Rat, den er mir gegeben hatte, den Schatz zu verstecken, war jedoch unbestreitbar weise. So holte ich mir vom Zimmermann einen Korb mit Werkzeugen, und nachdem ich das kleine Fenster in der Tür meiner Kajüte verdunkelt hatte, zog ich meinen Mantel und meine Weste aus, und nach etwa einer Stunde Arbeit war ich so weit vorangekommen, im Boden meiner Koje und unter der Matratze ein sehr passendes Kämmerchen mit einer Klapptür einzurichten, in dem ich das Juwel versteckte.

Danach atmete ich freier, denn ich spürte, dass der Schatz nicht ohne langes und sorgfältiges Suchen entdeckt werden konnte, wozu die Gelegenheit nicht gegeben war.

Obwohl mein Gespräch mit Captain Leach jedem, der diesen Bericht in der Abgeschiedenheit seines Kämmerchens liest, als unbedeutend erscheinen mag, versetzte sie mich, da sie im Anschluss an meine andere Unterredung mit Mr. Longways stattfand, in eine derartige Unruhe, wie ich sie seit Langem nicht mehr empfunden hatte.

Ich hätte den Anker lichten lassen und wäre weggefahren, ohne auch nur eine einzige Minute zu verlieren, wenn es mir möglich gewesen wäre, aber es regte sich kein Lüftchen, und es blieb nichts anderes übrig, als da vor Anker zu bleiben, wo wir waren, obwohl es mir, angesichts der Hitze und der Verzögerung, schwer fiel, nicht vor Ungeduld zu platzen.

So verging der Tag bis etwa vier Uhr nachmittags, als sich etwas ereignete, das mich nicht mehr in Erstaunen versetzen konnte, als wenn Blitz und Donner von einem klaren Himmel herabgestürzt wären.

Ich war gerade in meiner Kajüte, als Mr. Langely, mein Erster Offizier, mit der seltsamen Nachricht kam, dass der Ausguck ein Schiff über der Landzunge im Süden gesichtet hatte. Ich konnte kaum glauben, was er sagte, denn wie bereits erwähnt, war kein einziger Lufthauch zu spüren.

Ich eilte aus meiner Kajüte an Deck, wo ich Mr. White, den zweiten Maat, an der Backbordseite des Schiffes stehen sah, mit einem Fernglas in der Hand, das ein paar Punkte westlich von Süden und über eine Landzunge gerichtet war, die sich in den Kanal in dieser Gegend erstreckte, wo das Kap von einem mächtigen Gestrüpp bedeckt war und hier und da eine hohe Palme aus dem Dickicht ragte.

Dahinter konnte ich die dünnen weißen Masten des Schiffes sehen, das der Ausguck gesichtet hatte. Ich brauchte das Glas nicht, denn ich konnte das Schiff deutlich erkennen, wenn auch nicht, um was für ein Schiff es sich handeln mochte.

Dennoch nahm ich Mr. White das Fernrohr aus der Hand und untersuchte den Fremden lange und sorgfältig, aber mehr, um meine Gedanken zu verbergen, als um irgendeine Genugtuung zu erlangen; denn was mich über alle Maßen verwirrte, war, dass ein Schiff so plötzlich gesichtet werden konnte, und das bei einer völligen Windstille, an einem Ort, wo ich mir sicher war, dass seit Tagen kein Schiff mehr gewesen war.

Kaum weniger erstaunt war ich, als ich das fremde Schiff fest bei einem Bezugspunkt Objektglases hielt – eine hohe Palme fast zwischen der *Cassandra* und ihm, fast direkt in meiner Sichtlinie – und sah, dass er sich langsam und stetig nach Norden bewegte, und zwar in einem sehr beträchtlichen Winkel zur Strömung im Golf, die dort mehr nach Westen gerichtet war als dort, wo wir vor Anker lagen.

Ich glaube, dass alle oder fast alle meine Passagiere zu dieser Zeit auf dem Achterdeck waren, auch Captain Leach mit einem Feldstecher, den er aus England mitgebracht hatte. Er lenkte die Betrachtung von Mistress Pamela auf das seltsame Schiff. Fast die gesamte Besatzung beobachtete ebenfalls das Schiff, und nach kurzer Zeit erkannten sie, was ich von Anfang an gesehen hatte, nämlich dass das Schiff durch irgendeine Erfindung ohne Windhauch und fast gegen den Strom im Golf fuhr.

Was den Fremden selbst betraf, so war er, soweit ich es beurteilen konnte, da ich nichts von seinem Rumpf sah, eine Barke von etwas geringerer Tonnage als die *Cassandra*; und die Masten, die wir gegen den klaren Himmel sehr deutlich erkennen konnten, hatten einen größeren Mastfall als alle, die ich je zuvor gesehen hatte.

Ich weiß nicht, ob es daran lag, dass ich so sehr an die Piraten und an den großen Schatz dachte, den ich in meiner Obhut hatte, aber ich kann sagen, dass mir das Aussehen des seltsamen Schiffes so wenig gefiel wie kein anderes, das ich je in meinem Leben gesehen hatte. Ich hätte hundert Guineen gegeben, um sicher von dort weg zu sein, wo ich mich befand, und mit nicht mehr an Gunst als einer guten offenen See und einer kräftigen Brise, denn die *Cassandra* war ein erstklassiger Segler und ein so gutes Schiff wie jedes, das die Ostindien-Kompanie in ihren Docks hatte.

Wir waren in etwas eingesperrt, das kaum mehr als ein Teich war, und mir gefielen die Aussichten bei dieser der Sache überhaupt nicht.

»Was halten Sie von dem Schiff, Mr. Langely?«, fragte ich nach einer Weile und reichte ihm das Glas.

Er betrachtete es lange und aufmerksam, ohne zu sprechen. Nach und nach sagte er, ohne den Blick vom Glas zu nehmen, und als ob er halb zu sich selbst spräche: »Es kommt irgendwie gegen die Strömung an.«

»Ja«, sagte ich, »das habe ich von Anfang an gesehen. Aber was halten Sie von ihm?«

»Ich kann mir keinen Reim darauf machen«, sagte er nach einer Weile.

»Ich auch nicht«, sagte ich, »und deshalb mag ich es umso weniger.«

Mr. Langely nahm seinen Blick vom Glas und warf mir einen sehr vielsagenden Blick zu, woraus ich ersah, dass er in Bezug auf den Fremden so ziemlich dieselbe Vorstellung hatte, wie ich selbst.

Zu dieser Zeit herrschte an Bord der *Greenwich*, die nicht mehr als ein oder zwei Achtelmeilen von uns entfernt vor Anker lag, eine beträchtliche Betriebsamkeit, und an der Versammlung der Männer auf dem Vorschiff konnte ich erkennen, dass auch sie, genau wie wir, das Schiff gesichtet hatten.

So verging der Nachmittag, bis es sechs Uhr war, als der Fremde fast hinter dem Kap im Süden in Sichtweite kam; nur der Rumpf war durch die niedrige Sandbank, die das Ende der Spitze bildete, verdeckt.

An diesem Abend nahm ich mein Abendessen zusammen mit den Passagieren ein, wie ich es zu tun pflegte, denn ich wollte unbesorgt erscheinen, da mein Verdacht ja völlig unbegründet sein konnte. Dennoch ging ich wieder an Deck, sobald ich dazu bereit war, und stellte fest, dass der Fremde nun so weit in Sichtweite war, dass man einen Teil seines Rumpfes sehen konnte, der niedrig und schwarz gestrichen war und dessen Aussehen meinen ernsten Verdacht bezüglich seiner Natur eher verstärkte als minderte.

Ich konnte sehen, dass zwei Barkassen vor ihm waren, und es war mir sofort klar, dass die Barke mithilfe dieser Boote gegen die Strömung vorankam.

Zuerst war ich mehr als je zuvor darüber erstaunt, da die Strömung an dieser Stelle nicht weniger als zwei oder drei Knoten pro Stunde betragen konnte, gegen die zwei Boote nicht hoffen konnten, ein Schiff ihrer Größe, ohne irgendeine Vorrichtung zur Unterstützung ihrer Bemühungen, zu ziehen.

Von Zeit zu Zeit hörte ich das Klicken der Ankerwinde, als ob das Schiff den Anker lichten würde, und von diesem Geräusch geleitet, erkannte ich nach einer Weile, wie es sich fortbewegte. Ich bezweifle sehr, dass ich die Konstruktion, die sie in diesem Fall benutzten, so leicht hätte entdecken können, wenn ich nicht die gleiche Vorgehensweise gesehen hätte, die in der Straße von Malakka von der *Worcester* angewandt wurde, als ich im Jahr 17 dort war. Wie dem auch sei, es dauerte nicht lange, bis ich herausfand, worum es sich handelte.

Die beiden Boote vor dem fremden Schiff zogen ein quadratisches Segel durch das Wasser, das an einer Leine in der Mitte befestigt war. Von allen vier Ecken dieses Segels liefen gute, starke Seile, die am Ankertau der Barke befestigt waren. Die beiden Boote konnten dieses Rahsegel an der einen Leine, die in der Mitte befestigt war, leicht durch das Wasser ziehen, denn das Segel schloss sich und glitt so leicht durch das Wasser; aber sobald die Barke begann, an allen vier Ecken daran zu ziehen, breitete es sich aus, als wäre es mit Wind gefüllt, und bot so dem Wasser einen gewaltigen Widerstand. Auf diese Weise kam die Barke mit etwa einem Knoten pro Stunde gegen die Strömung voran, sodass sie um sieben Uhr hinter dem Kap auf das offene Wasser hinauskam.

Zu diesem Zeitpunkt war die Sonne noch nicht untergegangen, und das ferne Schiff zeichnete sich gegen den rötlich-grauen Himmel im Osten ab, mit all den Tauen und den Masten, die im roten Licht der untergehenden Sonne so scharf wie viele Haare und Strohhalme aussahen.

Ich stand gerade unter dem Achterdeck und hatte das Glas im Auge, als ich plötzlich etwas Schwarzes sah, das sich vom Deck nach vorne erhob. Es wehte nicht genug Wind, um es auszubreiten, aber ich wusste so gut wie alles andere in meinem Leben, dass es die 'Black Roger' [auch Jolly Roger, Piratenflagge] war, und dass das Weiß, das ich zwischen den Falten sehen konnte, das böse Zeichen des 'Totenkopfes' war, das diese blutigen und grausamen Schufte gerne auf der Fahne ihres Gewerbes verwenden.

Wir zweifelten auch nicht lange an ihrer Absicht, denn noch während ich sie beobachtete, sah ich, wie plötzliche eine weiße Rauchwolke von ihrer Seite aufstieg und regungslos in der stillen Luft hing, während eine oder zwei Sekunden später der dumpfe und schwere Knall der fernen Kanone ertönte und ein Rundschuss über das Wasser von Welle zu Welle hüpfte. Er kam aus zu großer Entfernung und war auch zu schlecht gezielt, um aus dieser Distanz, die nicht weniger als zwei Meilen betragen haben konnte, Schaden anzurichten.

»Was bedeutet das, Captain?«, fragte Mistress Pamela, die mit den anderen Passagieren auf dem Achterdeck stand und die Barke von oben beobachtete.

»Ein Salut, gnädige Frau«, sagte ich, schloss mein Glas und ging in meine Kabine, wo Mr. Langely auf meine Bitte hin zu mir kam und wir uns in aller Ruhe über diese sehr hässliche Angelegenheit unterhielten.

V.

In diesen heißen Breitengraden, wie in Madagaskar, kommt die Dunkelheit sehr plötzlich nach Sonnenuntergang und ohne lange Dämmerung, wie wir sie in England haben, sodass innerhalb einer halben Stunde, nachdem der Pirat uns, wie vorstehend erzählt, mit einem Rundschuss begrüßt hatte, der Übergang vom Tageslicht zur Nacht erfolgte, und da es bis etwa vier Uhr morgens keinen Mond gab, war es sehr dunkel, wobei eine riesige Menge von Sternen am Himmel höchst wundervoll leuchtete.

Ich befahl, meine Gig bereit zu machen, und ging an Bord der *Greenwich*, wo ich Captain Kirby traf, der sich in höchster Aufregung befand. Er führte mich geradewegs in seine Kajüte, wo er sich, als wir uns niederließen, die schwersten Vorwürfe machte, weil er die vierzehn Piraten, die er bei seiner Ankunft auf der Insel vorgefunden hatte, nicht in Ketten gelegt hatte, und die, wie man deutlich sehen konnte, ihren Kameraden Informationen gegeben hatten und dadurch eine große Anzahl von ihnen über uns herfallen ließ.

Sobald ich dazu in der Lage war, bremste ich ihn bei seinen Selbstvorwürfen. »Kommen Sie, kommen Sie, Captain Kirby«, sagte ich, »es ist nicht die Zeit für eitles Bedauern, sondern wir sollten daran denken, uns selbst und das, was man uns anvertraut hat, vor diesen blutigen Schuften zu schützen, die uns alles nehmen wollen.«

Nach einer Weile beruhigte er sich wieder einigermaßen, und als dann der Kapitän des Ostenders an Bord kam, machten wir uns daran, eine Art Plan zum gegenseitigen Schutz zu vereinbaren.

Gemäß meinen Vorschlägen wurde beschlossen, an der Backbordseite aller drei Boote, die jetzt wegen der Strömung auf Südkurs lagen, Kettstränge anzubringen, denn mithilfe dieser Ketten könnten die Schiffe querüber zur Fahrrinne gebracht werden, die an dieser Stelle so eng war, dass das Piratenschiff, sollte es sich in den Hafen wagen, von allen drei Schiffen nacheinander mit Breitseiten bedacht werden würde. Nachdem diese Fragen geklärt waren, kehrte ich wieder zur *Cassandra* zurück.

In dieser Nacht schlief ich nur wenig, sondern ging ständig in meiner Kabine ein und aus. Immer wenn ich an Deck war, hörte ich das 'Klick, Klick, Klick' der Ankerwinde an Bord des Piratenschiffs, das durch die Feuchtigkeit der Nacht noch deutlicher klang als am Tage.

Noch immer wehte kein Lüftchen, und ich hielt es für wahrscheinlich, dass die Piraten in dieser Nacht in den Hafen einlaufen wollten, aber gegen drei Uhr morgens hörte das Geräusch der Ankerwinde auf, und ich glaubte, ein Geräusch zu hören, als ob der Anker geworfen würde, obwohl ich in der Dunkelheit, selbst mit dem Nachtglas, nichts erkennen konnte.

Ich irrte mich auch nicht bei meiner Vermutung, dass das Piratenschiff vor Anker gegangen war, denn als der Tag anbrach, sah ich, dass es zwischen zwei und drei Meilen entfernt lag, gerade außerhalb der Kaps und direkt quer zur Fahrrinne, und dass es durch Ketten gehalten wurde. Es stand mit der Breitseite nach vorne, so wie wir selbst im Hafen lagen. Sie konnten auf jedes Schiff eine Breitseite abfeuern, das versuchen sollte, herauszukommen, so wie wir auf jedes eine Breitseite abfeuern konnten, das umgekehrt versuchen würde, hereinzukommen.

Da es auch an diesem Tag sehr ruhig war und kein Windhauch wehte, erwartete ich, dass das Piratenschiff das Feuer eröffnen würde, wenn auch auf eine so große Entfernung. Das tat es aber nicht, sondern blieb liegen, als ob man uns beobachtete und uns dort festhalten wollte, wo wir waren, bis sich irgendeine Gelegenheit ergeben würde. Und so kam wieder die Nacht, ohne dass sich mehr ereignet hätte als am Tag zuvor.

Seit wir an dieser Stelle gelegen hatten, waren Tag für Tag Kanus der Eingeborenen (von den Seeleuten 'Bumboats' genannt) vom Ufer gekommen, beladen mit Früchten und frischem Proviant, die nach einer langen Seereise, wie es die unsere gewesen war, ein köstlicher, erfrischender Luxus waren. Auch an diesem Tag waren sie wie üblich gekommen, obwohl es wenig komisch war, in einer so ernsten Lage mit ihnen zu feilschen.

Ich hatte jedoch beobachtet – und das nicht ohne Erstaunen – dass Captain Leach, obwohl er die Art des Piratenschiffs und die ernste Lage unserer Angelegenheiten kannte, von der uns drohenden Gefahr so wenig betroffen schien, dass er wie üblich eine Menge frischer Früchte kaufte und sich mit einem der Eingeborenen unterhielt, der eine Art Englisch sprach, das er von unseren Händlern aufgeschnappt hatte.

Ich hatte mir damals keine großen Gedanken darüber gemacht, obwohl ich, wie ich schon vorher bemerkt hatte, etwas überrascht war.

»Ansonsten hatte ich dem keine große Bedeutung beigemessen und hätte es auch nicht getan, wenn nicht später Dinge von größter Wichtigkeit meine Aufmerksamkeit darauf gelenkt hätten.«

In dieser Nacht hatte ich nicht mehr Bedürfnis nach Schlaf als in der Nacht zuvor, und da ich in meiner Kabine weder Ruhe noch Entspannung fand, war ich die meiste Zeit an Deck.

Obwohl ich zu diesem Zeitpunkt nicht mit meinen Passagieren sprechen wollte, bemerkte ich, dass sie sich alle an Deck aufhielten, wo sie sich in leisen Tönen unterhielten. Mit fortschreitender Nacht begaben sie sich jedoch nacheinander in ihre Kabinen, bis nur noch Captain Leach allein dasaß.

Er blieb dort vielleicht eine halbe Stunde lang, ohne sich auch nur um Haaresbreite zu bewegen, soweit ich das sehen konnte. Am Ende dieser Zeitspanne trat ich in großer Unruhe nach vorne, um mich zu vergewissern, dass die Wache scharf Ausschau hielt.

Ich war nicht länger als ein oder zwei Minuten weg, aber als ich zurückkam, sah ich, dass Captain Leach nicht mehr dort war, wo er vorher gewesen war; doch obwohl ich diesen Umstand damals bemerkte, schenkte ich ihm nicht mehr Beachtung als bei einer gewöhnlichen Gelegenheit.

Da sich niemand auf dem Heck befand, ging ich selbst auf dieses hinauf, da es dort viel kühler war als auf dem Achterdeck darunter. Ich nahm meine Pfeife heraus und füllte sie, weil ich in aller Ruhe rauchen wollte, was eine sehr wirksame Methode ist, um jede Unruhe oder Gärung des Geistes zu lindern.

Gerade als ich meinen Feuerstein zum Anzünden anschlagen wollte, hörte ich ein Geräusch unter der Heckplane, als ob jemand in ein Boot steigen würde, und fast unmittelbar danach ein leichtes Platschen, wie wenn ein Ruder oder ein Paddel ins Wasser getaucht worden wäre.

Ich lief eilig an die Seite des Schiffes und schaute nach achtern und ins Wasser darunter. Der Himmel klar war, aber die Nacht überaus dunkel, wie man es in diesen tropischen Breitengraden oft erlebt. Dennoch war ich mir so sicher, dass ein Boot das Schiff verlassen hatte, als hätte ich es am hellen Tag gesehen, wegen der phosphoreszierenden Spur, die es in seinem Kielwasser hinterließ.

Ich hatte eine Pistole in meinen Gürtel gesteckt, bevor ich meine Kabine verließ, und als ich das Boot rief, zog und spannte ich sie, denn ich fand, dass der ganze Vorfall von sehr verdächtiger Natur war.

Wie ich mehr als nur halb erwartet hatte, erhielt ich keine Antwort. »Boot, ahoi!«, rief ich ein zweites Mal und legte dann fast sofort meine Pistole an und schoss, denn ich sah, dass der Fremde, wer immer er auch war, mir keine Antwort geben wollte.

Auf den Pistolenschuss hin kamen sowohl Mr. Langely als auch Mr. White zu mir gelaufen, und ich erklärte ihnen die verdächtigen Umstände, woraufhin Mr. Langely meinte, dass es ein Hai gewesen sein könnte, den ich gesehen hatte, denn diese gefräßigen Tiere leben in großer Zahl in diesen und den umliegenden Gewässern.

Ich widersprach ihm nicht, obwohl ich mir sicher war, dass es sich bei dem, was ich entdeckt hatte, um eine Art Boot gehandelt hatte – möglicherweise ein Kanu, denn das Eintauchen des Paddels, das ich im Phosphoreszenzlicht des Wassers deutlich gesehen hatte, erschien zuerst auf der einen Seite des Kielwassers und dann auf der anderen Seite, so wie das Blatt abwechselnd ins Wasser getaucht wurde. Obwohl ich, wie gesagt, nicht vorhatte, Mr. Langelys Meinung zu widersprechen, war ich bei meiner eigenen Meinung über die Angelegenheit mächtig verwirrt.

Zu diesem Zeitpunkt herrschte an Bord der *Greenwich* und des Ostenders wegen meines Rufs und der Entladung der Pistole große Unruhe, die sich jedoch bald legte, als sie feststellten, dass auf den Alarm nichts weiter folgte.

Ich ging eine ganze Weile auf dem Achterdeck auf und ab und versuchte, zu begreifen, was das mit dem Boot zu bedeuten hatte, das zweifellos unter dem Heck der *Cassandra* gelegen hatte, und wie es passieren konnte, dass die Wache seine Ankunft überhaupt nicht bemerkte.

Es wäre nicht möglich gewesen, dass ein gewöhnliches Boot von einem Schiff so unbemerkt zu uns gekommen wäre, denn, wie ich selbst wusste, hielt die Wache schärfer Ausschau als sonst. Dieser Umstand und das, was ich oben über meine Annahme gesagt hatte, dass das Boot mit einem Paddel gerudert worden war, ließen mich zu dem Schluss kommen, dass es sich um eines der einheimischen Kanus gehandelt hatte, obwohl ich weit davon entfernt war zu erahnen, was der Zweck des Besuchs gewesen war oder was er bedeutete.

Während ich so vor mich hin grübelte und geradeaus schaute, ohne darüber nachzudenken, wohin mein Blick gerichtet war, bemerkte ich bald, dass ich abwesend auf die Stelle blickte, an der Captain Leach kurz zuvor gesessen hatte. Das brachte mich dazu, an ihn zu denken, und danach an das Juwel, das sich in meiner Obhut befand, und an seinen ungeheuren Wert.

Plötzlich kam mir blitzschnell der Gedanke: 'Was wäre, wenn Captain Leach die Absicht hätte, uns alle zu verraten?'

Ich kann mit Fug und Recht behaupten, dass mir dieser Gedanke nie in den Sinn gekommen wäre, wenn nicht der Umstand des Gesprächs von Captain Leach mit mir in meiner Kajüte dazu beigetragen hätte, ihn darauf zu lenken.

Aber kaum hatte sich dieser düstere Verdacht in meinem Kopf festgesetzt, als er mich, zusammen mit den Sorgen, die mich in letzter Zeit heimgesucht hatten, und dem Verlust des Schlafes, den ich in der Nacht zuvor nicht hatte genießen können, in eine solche Gemütsverfassung versetzte, wie ich sie hoffentlich nie wieder erleben werde. Ich konnte meine Gedanken aber auch nicht von dem lösen, was ich für verrückte und unvernünftige Fantasien hielt.

Schließlich konnte ich meine Ungewissheit nicht länger ertragen, sondern ging hinunter in die große Kajüte und damit zur Tür der Koje, die Captain Leach bewohnte. Ich klopfte leise an die Tür und wartete dann eine Weile, erhielt aber keine Antwort. Danach klopfte ich noch einmal, und zwar lauter, aber ohne größeren Erfolg als zuvor. Als ich merkte, dass ich keine Antwort auf mein Klopfen erhalten würde, versuchte ich die Tür zu öffnen und stellte fest, dass sie verschlossen war.

Mein Herz begann bei all dem sehr zu klopfen; aber plötzlich fiel mir ein, dass der Captain vielleicht einen tiefen Schlaf hatte und nicht so leicht zu wecken war.

Doch wenn dies der Fall wäre und er sich in seiner Kajüte befände und die Tür verriegelt hätte, könnte ich mich leicht davon überzeugen, denn es war kaum zu bezweifeln, dass dann der Schlüssel im Schlüsselloch stecken würde.

Ich zog mein Taschenmesser heraus, öffnete die kleine Klinge, die an ihm dran war, und stieß sie in das Schlüsselloch. Es war kein Schlüssel da!

Diese Entdeckung wirkte sich so auf meine Laune aus, dass ein Schluck Wasser mich nicht schneller hätte abkühlen können.

Nun, da sich mein schlimmster Verdacht so weit bestätigt hatte, fühlte mich sicher, dass Captain Leach nirgendwo sonst an Bord des Schiffes war. Meine Unrast legte sich, und ich wurde plötzlich so ruhig, wie ich es in diesem Augenblick bin.

Um mir jedoch Gewissheit zu verschaffen, klopfte ich erneut an die Tür der Kajüte, diesmal mit mehr Nachdruck als zuvor; doch obwohl ich das Klopfen vier- oder fünfmal wiederholte, erhielt ich keine Antwort, und so ging ich an Deck, um die Angelegenheit in Ruhe zu überdenken.

Mein erster Gedanke galt dem Juwel, das ich aufbewahrte, und dass Captain Leach sich damit davongemacht hatte. Meine klarere Vernunft sagte mir, dass dies nicht sein konnte, da ich es, wie bereits erwähnt, so wirksam verborgen hatte.

Dennoch ging ich in meine Kajüte und untersuchte mein Versteck, um mich zu beruhigen, und stellte fest, dass das Juwel, wie zu erwarten war, noch sicher dort lag.

Mein erster Impuls war, Mr. Langely meinen Verdacht mitzuteilen, aber als ich die Angelegenheit überdachte, erschien es mir am besten, ihn vorerst für mich zu behalten; denn sollte sich meine Vermutung als falsch erweisen, würde es die Verwicklungen nur noch vergrößern, wenn ein anderer in die Angelegenheit eingebunden würde, bevor irgendetwas Sicheres herausgefunden worden war. Außerdem könnte ich, sollte ich einen ausreichenden Grund für die Anwendung extremer Maßnahmen gegen Captain Leach feststellen, ihn jederzeit leicht verhaften, wenn ich ihn ganz in meiner Gewalt habe.

Nachdem ich diese Angelegenheit zu meiner eigenen Zufriedenheit geregelt hatte, beschloss ich, auf seine Rückkehr zu warten und herauszufinden, wie er selbst seine Abwesenheit erklären würde.

Ich vermutete, dass er das Schiff aus dem Boot heraus verlassen haben musste, das achtern an den Hebetaus hing, und als ich die Sache untersuchte, stellte ich fest, dass ich recht hatte und dass ein dickes Seil, die leicht das Gewicht eines Mannes tragen konnte, an einem der Hebetaus festgezurrt worden war und kurz über dem Wasser hing.

Ich war mir nun sicher, dass Captain Leach in das Boot am Heck geklettert sein musste, während ich, wie oben beschrieben, nach vorne gegangen war, und sich von dort mithilfe des erwähnten Seils in das Kanu fallen ließ. Das Geräusch, das ich gehört hatte, war wohl auf einen Fehltritt von ihm zurückzuführen, oder darauf, dass das Kanu mit der Dünung stärker anstieg, als er erwartet hatte.

Wenn er nun das Schiff auf diese Weise verlassen hatte, woran meiner Meinung nach kaum ein Zweifel bestehen konnte, so war es ebenso sicher, dass er auf demselben Weg zurückkehren würde.

Ich beschloss also, dort nach ihm Ausschau zu halten und ihn für seine Abwesenheit zur Rechenschaft zu ziehen, sobald er an Bord kommen würde. Dementsprechend legte ich mich achtern im Boot so bequem hin, wie es mir möglich war, zündete meine Pfeife an und wartete mit aller Geduld, die ich aufbringen konnte, auf die Rückkehr des Geflüchteten.

Ich schätze, dass ich zwei oder drei Stunden dort lag und in dieser ganzen Zeit nichts gesehen oder gehört habe, was meinen Verdacht erregt hätte; ich glaube auch nicht, dass ich etwas entdeckt hätte, wenn ich nicht gerade an dieser Stelle Wache gehalten hätte, denn die Rückkehr von Captain Leach war so leise, dass ich kein Geräusch von Rudern hörte und auch nichts davon wusste, bis ich sah, wie das Seil, das an

54

den Taus der Ladebäume hing, von unten durch jemanden, der an Bord kletterte, bewegt wurde.

Ich lag ganz still und machte kein Geräusch, bis er in das Boot geklettert war und nur noch eine kurze Entfernung von mir stand.

»Nun, Sir«, sagte ich so leise, wie ich sprechen konnte, »darf ich fragen, wo Sie die ganze Zeit über waren?«

VI.

Wäre eine Pistole neben seinem Kopf abgefeuert worden, hätte er nicht heftiger aufschrecken können. Ich hatte gedacht, er wäre völlig verblüfft gewesen; aber er erholte sich mit einer erstaunlichen Schnelligkeit.

»Nun, Captain Mackra«, sagte er lachend, »seid Ihr es, der mich wieder willkommen heißt, wie den verlorenen Sohn?«

»Sir«, sagte ich sehr streng, »Sie werden meine Frage wohl beantworten, denn ich sage Ihnen ganz deutlich, dass ich bei dieser Gelegenheit nicht zum Scherzen aufgelegt bin.«

»Und warum sollte ich nicht scherzen?«, sagt er, »die ganze Angelegenheit ist von Anfang bis Ende ein Scherz. Da dieser ganze Wirbel um eine sehr einfache Angelegenheit gemacht wurde, bin ich gezwungen, zu sagen, was ich nicht zu sagen beabsichtigt hatte, und was mich wundert, dass ein Mann mit ihren Gefühlen einen anderen dazu drängt, es zu sagen. Ein Mann von Format, Sir, kann sowohl bei den dunklen Schönheiten als auch bei den weißen Gefallen finden; ich kann auch nicht erkennen, was es schaden könnte, eine Geliebte hier zu besuchen als in Gravesend [Hafenstadt in Kent], was Sie zweifellos selbst getan haben, und das mehr als einmal.«

Ich gestehe, dass ich über diese passable Antwort sehr erstaunt war und einen Moment lang daran zu zweifeln begann, dass mein Verdacht gegenüber dem Captain richtig war.

Eine Weile stand ich da und wusste nicht, was ich sagen sollte, als mir plötzlich bestimmte Umstände einfielen, die Captain Leachs Worte nicht erklärt hatten.

»Und warum«, sagte ich, »haben Sie in einer Zeit solcher Angst und Ungewissheit nicht um Erlaubnis gebeten, das Schiff zu verlassen?«

»Ich denke«, sagte er, »ein Mann mit Feingefühl hat es nicht nötig, eine solche Frage zu stellen.«

»Dann sagen Sie mir«, rief ich, »*warum haben Sie nicht Kurs nicht Richtung Land genommen, und stattdessen auf die offene See?*«

»Ich dachte an nichts anderes, als so schnell wie möglich vom Schiff wegzukommen, denn ich sah, dass irgendein voreiliger Narr an Bord mit einer Pistole oder einer Musketenflinte auf mich schoss, und dass ich, wenn ich zu diesem Zeitpunkt meinen vorgesehenen Kurs genommen hätte, die Sache vielleicht mit einer Unze Blei in meinem Gehirn beendet worden wäre, anstatt diese angenehme Unterhaltung bei so guter Gesundheit zu genießen.«

Die ganze Zeit über standen wir nur einen oder zwei Schritte voneinander entfernt, und ich sah ihm direkt ins Gesicht, obwohl ich in der Dunkelheit nichts erkennen konnte.

Einen oder zwei Augenblicke lang konnte ich nichts erwidern, denn seine Worte waren so einleuchtend, und doch glaubte ich kein einziges von ihnen. Sie kamen so glatt und flink heraus, dass ich nicht umhinkonnte, davon überzeugt zu sein, dass er sie bereits für eine solche Gelegenheit, wie die jetzige, sortiert und zurechtgelegt hatte.

»Sir«, sagte ich mit leiser Stimme, denn ich fürchtete, meine Empörung könnte mich übermannen, »ich sage Ihnen ganz offen, dass ich, trotz ihrer sanften Worte, nicht glaube, was Sie mir sagen. Gehen Sie in

Ihre Kajüte, Sir, und lassen Sie mich Ihnen sagen, dass ich Sie, ohne eine Sekunde zu zögern, in Eisen legen werde, wenn ich irgendetwas sehe, das meinen Verdacht gegen Sie bestätigen könnte, und zwar so sicher, wie Sie ein lebender Mann sind.«

»Captain Mackra«, sagte er mit ebenso ruhiger Stimme wie ich, »wenn ich jemals sicher an Land komme, werden Sie mir für diese Worte Rede und Antwort stehen, Sir.«

»Wie Ihr wollt«, sagte ich, drehte mich um, verließ das Boot und begab mich in meine eigene Kajüte, sobald ich gesehen hatte, dass Captain Leach meinem Befehl gefolgt war und sich in seine begeben hatte.

Dieser Teil der Angelegenheit war noch nicht zu Ende, denn am nächsten Morgen, noch bevor ich meine Kabine verlassen hatte, kam Mr. Langely mit einer Nachricht von Captain Leach zu mir, dass er unbedingt ein paar Worte mit mir wechseln wolle.

Ich antwortete ihm sofort, dass ich ihn gerne sehen würde, wann immer es ihm passt. Nach etwa fünf Minuten klopfte er an die Tür meiner Kabine, und ich bat ihn, einzutreten. Ich forderte ihn auf, sich einen Stuhl zu nehmen, aber er verbeugte sich nur und blieb stehen, wo er war, in der Nähe der Tür.

»Captain Mackra«, sagte er kalt, »Sie haben mir gestern Abend eine grobe und unangebrachte Beleidigung zugefügt. Ich kann Sie im Augenblick nicht dafür zur Rechenschaft ziehen, obwohl ich hoffe, dies in Zukunft zu tun. Aber Sie werden sehen, Sir, dass es sowohl für Sie als auch für mich das Beste ist, wenn ich mich von diesem Schiff zurückziehe und meine Reise nach Indien bei der sich jetzt bietenden Gelegenheit entweder auf der *Greenwich* oder der *Van Weiland* beende« (das war der Name des Ostenders).

Captain Mackra, sagte er kalt, Sie haben mir gestern Abend eine grobe und unangebrachte Beleidigung zugefügt.

Ich war überglücklich über diese günstige Gelegenheit, meinen unbequemen Passagier so leicht loszuwerden. Ich glaube jedoch, dass ich ihm nichts davon zeigte – zumindest bemühte ich mich, es nicht zu tun – und sagte ihm, dass ihm ein Boot zur

Verfügung stünde, wenn er sich für den Rest der Reise einen anderen Schlafplatz suchen wolle.

Ich selbst ging an Deck und ließ die Gig herablassen, in die Captain Leach alsbald einstieg, nachdem er sich von seinen Mitreisenden verabschiedet und erklärt hatte, er werde seine Truhe abholen lassen, sobald er sich einen Liegeplatz in dem einen oder anderen der genannten Schiffe gesichert habe.

Ich wies den Bootsmann, der Kapitän der Gig war, an, die Befehle von Captain Leach abzuwarten, bis er zu erkennen gab, dass er das Boot nicht mehr benötige, und sah ihn zur *Greenwich* rudern, was mir unaussprechliche Freude bereitete.

Das Boot der *Cassandra* lag etwa eine halbe Stunde lang längsseits der *Greenwich*, und am Ende dieser Zeit sah ich zu meiner Überraschung, wie Captain Leach wieder an Bord ging und seinen Kurs auf den Ostender richtete, der in kurzer einer Entfernung davon lag.

Er blieb etwa so lange an Bord, wie er auf der *Greenwich* geblieben war, kletterte dann ein drittes Mal an Bord der Gig und nahm wieder Kurs auf die *Cassandra*.

Ich stand auf dem Achterdeck, als er an Bord kam, und er näherte sich mir mit einer Miene, die äußerste Kränkung und Verdruss ausdrückte.

»Captain Mackra«, sagte er, »durch eine höchst unglückliche Verkettung von Ereignissen kann ich weder an Bord der *Greenwich* noch auf dem Ostender einen Liegeplatz finden, sodass mir nichts anderes übrig bleibt, als Ihnen für den Rest der Reise meine unwillkommene Anwesenheit aufzuzwingen.«

Ich gebe zu, dass ich von diesen Worten sehr enttäuscht war. Es blieb mir jedoch nichts anderes übrig, als das Beste aus der Angelegenheit zu machen.

»Sir«, sagte ich so freundlich, wie es mir möglich war, obwohl ich fürchte, dass mein Ton meine Enttäuschung zum Ausdruck gebracht hatte, »Sie haben die *Cassandra* auf Ihren eigenen Vorschlag hin verlassen; Ihre Koje, Sir, ist immer noch für Sie bereit.«

Er sagte nichts weiter, sondern bedankte sich mit einer Verbeugung und begab sich direkt in seine Kabine.

VII.

Da ich die ganze Zeit über so aufgewühlt war und einen Angriff der Piratenschiffe befürchtete und dabei nicht nur an den Schatz, sondern auch an die mir anvertrauten hilflosen Frauen dachte, wird sich der Leser vielleicht fragen, warum ich nicht beide, den Schatz und die Frauen, an einen sicheren Ort auf dem Festland geschickt habe, den die Stadt des Königs den Engländern bot, in der Bedrängnis, in der wir uns befanden.

Ich kann nun sagen, dass ich darüber nachgedacht hatte. Mir war klar, dass mehr als eine Schwierigkeit im Weg lag. Erstens konnte ich sie nicht mit dem Schiff in die Königsstadt schicken, weil wir beim Passieren des Kaps im Norden bis auf eine Meile an die Piratenschiffe herankommen würden und nicht hoffen konnten, ohne Belästigung zu entkommen. Zweitens konnte ich sie nicht über das Land schicken, weil das nicht nur eine Eskorte erfordern würde und man die Männer in diesem Moment schlecht entbehren konnte, sondern auch einen tüchtigen Anführer, den man vielleicht noch weniger entbehren konnte. Außerdem konnte ich nicht abschätzen, welchen Gefahren eine solche Gruppe ausgesetzt sein würde, nicht nur durch die Eingeborenen, deren Verhalten ich nicht kannte, sondern auch durch die wilden Tiere, die wir jede Nacht deutlich hören konnten und die im Dschungel auf eine höchst melancholische und schreckliche Weise heulten.

Drittens und letztens glaubte ich nicht, dass die Piraten lange dort bleiben würden, wo sie waren, da ich schon oft von der feigen Gesinnung dieser blutigen Schufte gehört hatte; daher hoffte ich, dass sie sich, da wir so gut gegen einen Angriff von ihnen gewappnet waren, bei der ersten Gelegenheit entfernen würden, was sie jetzt wegen des ruhigen Wetters nicht tun konnten. Außerdem argumentierte ich, dass ich in jedem Fall, sollte es notwendig sein, meine Passagiere mit geringem Zeitverlust und genauso leicht und sicher wie jetzt von Bord bringen könnte.

So waren meine Gedanken, wann immer ich sie auf den melancholischen und düsteren Zustand unserer Umstände gerichtet hatte. Doch selbst wenn sich die düstersten Vorahnungen, die ich damals hegte, bewahrheitet hätten, so wäre unser Unglück nicht mit dem vergleichbar gewesen, das in Wahrheit über uns hereinbrach und dessen Geschichte ich sogleich zu erzählen habe.

Die Reise von Captain Leach auf der Suche nach einem neuen Liegeplatz war so früh am Morgen unternommen worden, dass es noch nicht Mittag war, als er zurückkehrte. Einige Zeit danach – ich befand mich gerade in meiner Kabine – ertönte plötzlich ein Geräusch, das sozusagen das erste Murmeln des Ansturms war, der bald über uns hereinbrechen sollte. Es war der dumpfe und schwere Knall einer einzelnen Kanone, der aus großer Entfernung zu hören war und von dem ich sofort wusste, dass sie an Bord des Piratenschiffes abgefeuert wurde.

Ich ging sofort an Deck, wo ich das Wetter immer noch so ruhig vorfand, wie es die beiden Tage zuvor gewesen war, ohne dass sich auch nur ein Lufthauch regte oder eine leichte Kräuselung auf dem Wasser lag.

Die Dünung stieg und fiel so gleichmäßig, als ob das Meer aus Öl, statt aus Wasser, bestand, und der Himmel über mir sah aus wie ein festes stahlblaues Tuch, auf dem nicht eine einzige Wolke zu sehen war.

Ich sah dann, wie das Piratenschiff die Segel hisste, als ob sie eine Brise haben aufkommen sehen, von der wir noch nichts bemerkten. Über ihrem Backbordbug hing der Rauch ihrer Kanone immer noch wie eine runde weiße Wolke knapp über der glasigen Oberfläche des Meeres.

»Sicher wollen sie von uns wegfahren, Mr. Langely«, sagte ich; aber Mr. Langely antwortete nicht, denn gerade als er die Lippen öffnete, um zu sprechen, brüllte der Ausguck: »Segel, ahoi!«

»Aus welcher Richtung?«, rief Mr. White, der zu diesem Zeitpunkt Deckoffizier war. Doch bevor die Nachricht uns erreichte, hatten ich selbst und wohl auch die meisten anderen das Schiff in südlicher Richtung gesichtet, das unter vollen Segeln und mit einer Brise, von der wir immer noch nichts sehen konnten, herankam.

Es war zu diesem Zeitpunkt etwa sechs oder sieben Meilen entfernt und tauchte gerade hinter einem hohen Gestrüpp auf, das zwischen ihm und der *Cassandra* lag und das es bis jetzt verborgen hatte.

Das seltsame Schiff war eine große Schaluppe, die so aussah, dass ich die unheimlichsten und düstersten Vorahnungen über ihre Natur und ihren Charakter gehabt hätte, selbst wenn das Piratenschiff nicht die Signalkanone, was sie ohne Zweifel war, abgefeuert hätte.

»Was halten Sie von ihr, Mr. Langely?«, fragte ich, nachdem ich das Schiff einige Zeit schweigend beobachtet hatte.

»Es ist ein Begleitschiff der Piraten, Sir«, sagte er sehr ernst.

»Ich glaube, Sie haben recht«, sagte ich, »und deshalb haben sie die ganze Zeit gewartet und uns in der Falle gehalten, sodass wir nicht hätten entkommen können, selbst wenn eine Brise aufgekommen wäre.«

Ich erzählte Mr. Langely nicht alles, was mir durch den Kopf ging; dennoch konnte ich nicht umhin, unsere gegenwärtige Lage als eine riesige Gefahr zu betrachten, denn wenn ein einziges Piratenschiff mit seiner Besatzung aus blutrünstigen Schurken ausreicht, um uns dort zu halten, wo wir uns gerade befanden, welchen Schaden könnten dann zwei von ihnen anrichten, wenn sie uns friedliche Kaufleute, die

65

wir an die Kriegskunst nicht gewöhnt waren, in diesem engen Hafen angreifen würden, wo wir weder hoffen konnten zu manövrieren noch zu entkommen.

Wir waren bereits kampfbereit, da wir seit der ersten Bedrohung viel Zeit gehabt hatten, uns vorzubereiten. Ich überließ Mr. Langely die Aufsicht über die wenigen Einzelheiten, die noch zu beachten waren, ließ meine Gig zu Wasser lassen und ging an Bord der *Greenwich*, um mit Captain Kirby zu beraten, wie wir uns gegen diese neue und zusätzliche Gefahr, die unsere Existenz bedrohte, verteidigen könnten.

Der Kapitän des Ostenders war anwesend, als ich an Bord kam, und ich hatte den Eindruck, dass er und Captain Kirby einander auf sehr seltsame Weise ansahen, als ich die Kajüte betrat, auch wenn ich damals nicht wusste, warum. Abgesehen davon bemerkte ich, dass wenig oder gar keine Vorbereitungen für ein Eingreifen getroffen worden waren.

»Wir werden Ihnen beistehen«, sagte Captain Kirby, »natürlich werden wir Ihnen beistehen, aber Sie müssen wissen, dass in solchen Zeiten jeder für sich selbst verantwortlich ist und der Teufel den letzten Platz einnimmt.«

Ich war mächtig erstaunt und verblüfft über diese Rede. »Und warum sagen Sie, dass Sie mir beistehen, Captain Kirby?«, bemerkte ich. »Ist es denn nicht so, dass wir ohnehin einander beistehen? Ist mein Schiff in größerer Gefahr als das Ihre, oder soll ich diesen bösen und blutigen Schurken geopfert werden?«

Ich fand, dass er bei dieser Rede sehr beunruhigt wirkte. »Natürlich«, sagte er, »werden wir einander beistehen. Trotzdem muss jeder auf sich selbst aufpassen.«

Ich betrachtete Captain Kirby eine Weile, ohne zu sprechen, und er schien durch meinen Blick mehr denn je beunruhigt zu sein.

»Sir! Sir!« rief ich, »ich muss Ihnen sagen, dass ich diese Sache nicht verstehe. Sind Sie nicht bereit, zu kämpfen?«

Daraufhin geriet er in mächtigen Zorn. »Wie!«, sagte er, »wollen Sie meinen Mut infrage stellen? Nennt Ihr mich einen Feigling?«

»Nein, Sir«, sagte ich, »ich nenne Sie überhaupt nichts; ich habe nur Ihre Rede nicht verstanden. Sie müssen doch bedenken, dass ich drei hilflose Frauen an Bord meines Schiffes habe, sodass es von Ihnen als Mann und Engländer zu erwarten ist, mir in dieser Zeit der Gefahr beizustehen.«

Mit diesen Worten verließ ich die Kajüte und das Schiff, aber das Gewicht des Ärgers, das auf meinem Gemüt lastete, wurde alles andere als leichter, denn ich konnte nicht verstehen, warum weder er noch der

Kapitän von dem Ostender ein einziges Wort über unsere Verteidigung gesprochen hatten, obwohl wir alle zusammen in dieser Gefahr waren.

Ich hoffte jedoch immer noch, dass die Piraten sich nicht in unseren Hafen wagen würden, da wir drei zu zwei waren und uns in einer ausgewählten Position befanden, von der aus wir hoffen konnten, uns lange zu verteidigen, was ihnen zum Verhängnis werden konnte.

Als ich zurückkam, fand ich meine Passagiere alle in der großen Kajüte und in sehr ernster Stimmung vor, da sie einige Gerüchte über die drohende Gefahr gehört hatten. Ich stand eine Weile da, als ob ich nicht wüsste, was ich sagen sollte, aber schließlich machte ich mich daran, ihnen zu sagen, wie die Dinge standen und in welcher Gefahr wir uns befanden, wobei ich alles so gut wie möglich beschönigte.

Ich glaube, dass unsere Gefahr unter ihnen ziemlich gut besprochen worden war, bevor ich sie mit dem, was ich sagte, bestätigte. Dennoch bin ich selbst jetzt noch erstaunt über die Gelassenheit, mit der alle Beteiligten die Sache betrachteten. Mistress Pamela, so erinnere ich mich, legte ihre Hand leicht auf meinen Arm. »Wie groß auch immer unsere Gefahr sein mag«, rief sie, »wir alle wissen, dass wir unsere Sicherheit keinem treueren Seemann und keinem galanteren Mann anvertrauen können als dem, der dieses Schiff befehligt.«

Dies sagte sie vor allen, die dort standen.

In meiner Kajüte rief ich Mr. Langely und Mr. White (meinen zweiten Maat) zu einer ernsten Beratung zusammen, der letzten, die wir vor jener großen und blutigen Schlacht halten sollten, über die in letzter Zeit so viel geschrieben und gesprochen wurde.

Als wir unsere Beratungen beendet hatten, kamen wir wieder an Deck und stellten fest, dass die Schaluppe weniger als eine Meile von dem anderen Schiff entfernt war, und in kurzer Zeit näherte sie sich der Barke und ließ ihren Anker mit einem Platschen und Klappern der Taue los, das wir von hier aus deutlich hören konnten.

Eine halbe Stunde lang standen Mr. Langely und ich auf dem Achterdeck und beobachteten die beiden Schiffe mithilfe des Fernrohrs, und was wir in dieser Zeit sahen, ließ meiner Meinung nach nichts Gutes für uns ahnen.

Zuerst sahen wir, wie ein Boot von der Barke zur Schaluppe hinüber fuhr, und in diesem befand sich einer, der offensichtlich von großer Bedeutung für die Piraten war, denn durch dieses Glas konnten wir erkennen, dass seine Kleidung besser war als die der anderen, und auch, dass er etwas trug, das wie ein karmesinrotes Tuch aussah, das um seinen Körper gebunden war.

Er blieb vielleicht zehn Minuten lang an Bord der Schaluppe und kehrte dann zur Barke zurück, wo man sofort begann, die Boote zu Wasser zu lassen. Vier dieser Boote waren mit Männern gefüllt, die alle zur Schaluppe transportiert wurden, an deren Seite wir sie bald zu fünfzig oder mehr ausschwärmen sahen.

Während diese Dinge vor sich gingen, hatten Mr. Langely und ich schweigend dagestanden, aber jetzt wandte sich mein Erster Offizier an mich: »Sir«, sagte er, »ich glaube, sie wollen uns angreifen.«

Ich nickte als Antwort mit dem Kopf, sagte aber nichts.

Zu diesem Zeitpunkt war die Brise schon fast über uns, denn das glatte Wasser um uns herum war von den kleinen Wellenschlägen, die über die glasige Oberfläche fegten, verdunkelt.

An jenem Morgen, kurz bevor die Piratenschaluppe in Sicht kam, hatte ich Seile ausgefahren, mit denen ich hoffte, unsere Position zu ändern und die *Cassandra* näher an die *Greenwich* und in eine besser zu verteidigende Position zu bringen. Dabei machten wir jedoch nur geringe Fortschritte, denn die Strömung war bei dem derzeitigen Stand der Gezeiten stark gegen uns gerichtet. Da ich nun den bevorstehenden Angriff sah, hisste ich die Segel in der Hoffnung, den ersten Wind auszunutzen und die *Cassandra* näher an die *Greenwich* zu bringen.

Was dann geschah, kann ich mir bis heute nicht erklären, denn es fällt mir schwer, zu glauben, dass ein englischer Kapitän einen anderen in einer solchen Notlage wie dieser im Stich lassen würde. Es könnte sein, dass Captain Kirby dachte, wir würden versuchen, mit dem Wind zu entkommen, denn auch die *Greenwich* begann sofort, alle Segel zu setzen. Als ich sah, was sie vorhatten, rief ich das andere Schiff, erhielt aber keine Antwort. Dann rief ich es wieder und wieder, erhielt aber immer noch keine Antwort.

In der nächsten Minute, da sie durch einen Talwind offen für die ersten Windstöße der Brise war, füllten sich die Segel, und sie entfernten sich, gefolgt von dem Ostender, die ebenfalls seine Segel gesetzt hatte, sodass ich in der Flaute saß.

»Mein Gott«, rief Mr. Langely, »wollen die uns etwa im Stich lassen? Sehen Sie, Sir, da kommen die Piraten!«

Ich war so sehr mit den anderen Schiffen beschäftigt gewesen, dass ich nicht daran gedacht hatte, zu beobachten, was unsere Feinde vorhatten, da ich nicht glaubte, dass sie so schnell handeln würden. Aber zweifellos sahen sie, wie wir die Segel setzten, und fürchteten, dass wir entkommen könnten.

Sie lösten ihre eigenen Taue, denn sie kamen jetzt mit dem auffrischenden Wind auf uns zu und waren bereits so kühn in den Kanal eingelaufen, als ob es keinen Gegner gäbe, und die Schaluppe fuhr den anderen eine Viertelmeile voraus.

In der Tat hatten die *Greenwich* und der Ostender, die sich entfernten, ihnen die Durchfahrt völlig offen gelassen, und niemand außer uns konnte sich ihnen entgegenstellen.

In dieser extremen Lage rief ich die Greenwich ein drittes Mal, und als ich keine Antwort erhielt, befahl ich dem Kanonier, quer über den Bug zu feuern, aber sie wich trotzdem nicht zurück, woraufhin wir ihr einen Rundschuss gaben, aber ob zu ihrem Schaden oder nicht, kann ich nicht sagen.

Nun blieb uns nichts anderes übrig, als einen scheinbar aussichtslosen Kampf gegen eine große Übermacht zu führen.

Der Hauptschifffahrtskanal, der vom Vorhafen zu der Bucht oder dem Hafen führte, in dem die *Cassandra*, die *Greenwich* und der Ostender in den letzten Tagen gefahren waren, verlief fast in östlicher und westlicher Richtung, war aber durch die Sandbänke im Süden und die Untiefen, die vom nördlichen Kap ausgingen, so geformt, dass er die Form eines sehr krummen 'S' annahm.

Von der Position aus, die die *Cassandra* innehatte, war diese Hafeneinfahrt so gut zu verteidigen, dass jedes Schiff, das dort einlief, zweimal von unserem Breitseitenfeuer getroffen werden musste, einmal beim Umfahren des nördlichen und einmal des südlichen Winkels der Rinne. Daher beschloss ich, unsere gegenwärtige Position so lange wie möglich zu halten.

Aber die Piraten griffen uns nicht beide über den Hauptkanal an, wie wir erwartet hatten, denn als sie den nördlichen Winkel umrundet hatten, steuerte die Schaluppe direkt auf uns zu, über die Untiefen, die zwischen uns und ihnen lagen, statt sich mit der Barke zu vereinigen. Sie hatten wohl befürchtet, dass wir vielleicht versuchen würden, mit dem Wind zu entkommen. Sie konnten dies tun, ohne auf Grund zu laufen, da sie diese verschlungenen Gewässer sehr gut kannten und die Schaluppe nur wenig Wasser unter dem Kiel brauchte.

»Wir werden ihr auf jeden Fall eine Breitseite geben«, sagte ich zu Mr. Langely, denn ich sah keine andere Möglichkeit für sie, sich uns zu nähern, als mit dem Bug auf uns zuzukommen, da es zwischen den Sandbänken und Untiefen, die zwischen uns und ihnen lagen, keinen Platz zum Manövrieren gab.

Aber der teuflische Einfallsreichtum dieser grausamen, niederträchtigen Schurken verschaffte ihnen andere Mittel als einen direkten Angriff auf die *Cassandra*.

Als sie bis auf etwa eine Meile an uns herangekommen waren, drehten sie bei, ließen ihr Großsegel fallen und begannen, große Ruder aus den Pforten zwischen den Decks auszufahren, um uns auf eine plumpe Art und Weise entgegen zu rudern, die ein wenig an die Fortbewegung einer Galeone erinnerte.

Auf diese Weise und mit Hilfe der Strömung, die uns entgegenkam, gelang es ihnen, mit der Breitseite wegzubleiben und so zu vermeiden, von unserem Breitseitenfeuer getroffen zu werden.

»Mr. Langely«, sagte ich, »wenn sie es schaffen, uns zu entern, sind wir verloren. Befehlen Sie dem Kanonier, auf die Ruder zu schießen und nicht auf die Decks.«

VIII.

Die Piraten waren die ersten, die das Gefecht eröffneten. Sie taten dies, als sie etwa eine Viertelmeile von uns entfernt waren und uns eine Breitseite verpassten. Es war das erste Mal, dass ich in meinem Leben unter Beschuss geriet, und ich werde es nie vergessen, solange ich lebe. Sie zielten sehr genau, und als ihr Schuss uns traf, flog eine große Wolke weißer Splitter aus einem Dutzend Stellen auf einmal. Ich sah drei Männer auf das Deck fallen, und einer, der an einem Geschütz auf dem Achterdeck direkt unter mir stand, lehnte sich plötzlich mit einem tiefen Stöhnen halb über die Kanone nach vorn, während eine Blutfontäne aus seiner Brust über die Lafette und auf das Deck floss.

Einer der anderen packte ihn am Arm, woraufhin er sich halb umdrehte, ausrutschte und nach vorne auf sein Gesicht fiel. Er war der erste Mann, der bei dieser Aktion getötet wurde, und der erste, den ich jemals auf diese Weise sterben sah.

Die *Cassandra* erwiderte das Feuer der Piraten fast sofort. Aber unsere Kanonen waren, wie ich befohlen hatte, auf die Ruder und nicht auf die überfüllten Decks gerichtet, sodass jeder Schuss, den sie abgaben, das Leben der armen Kerle an Bord der *Cassandra* in Mitleidenschaft zog, während unser Gegenfeuer ihnen scheinbar keinen menschlichen Schaden zufügte.

Ich hoffe, dass ich nie wieder eine solche Qual der Ungeduld und des Zweifels, ja fast der Verzweiflung verspüren werde, wie meine Männer, einzeln und zu zweit, auf das Deck fallen zu sehen, das bald mit ihrem Blut befleckt und beschmiert war, während das Piratenschiff immer näher und näher auf uns zu trieb und seine Decks von schreienden, halb nackten Mistkerlen wimmelten, die in ihrem Aussehen und ihrem Benehmen eher inkarnierten Dämonen als sterblichen Menschen glichen.

»Mr. Langely«, sagte ich mit leiser Stimme, »wenn diese Ruder nicht in fünf Minuten zerborsten sind, sind wir alle verloren.«

Es blieben noch drei Ruderschläge durch die Öffnungen auf der Seite in Richtung der *Cassandra*, und die Strömung trieb das Piratenschiff in eine Richtung, dass sie, wenn sie ihren Kurs noch ein wenig länger halten könnten, mit ziemlicher Sicherheit auf uns zutreiben und uns entern würden.

Eine Minute verging, zwei Minuten, dann gab es einen Splitterschauer, und nur noch ein Ruder war übrig.

Sofort begann das Heck der Schaluppe langsam auf uns zuzuschwimmen, denn ein Ruder reichte nicht aus, um sie in der Strömung zu halten. Ich konnte sehen, wie sich das Eschenholz unter der Belastung wie ein Weidenzweig bog, dann - zack - brach es, und das Heck drehte sich mit einem Schwung direkt unter unserem Feuer. Die Piraten sprangen auf das Großsegel, aber es war zu spät, um sich zu retten.

Als die Besatzung der *Cassandra* das Ergebnis ihres Feuers sah, brach sie in lautes Geschrei aus sie jubelten wie Wahnsinnige. Die Schaluppe trieb mit dem Heck voran, während die *Cassandra*, um die verlorene Zeit aufzuholen, eine Breitseite nach der anderen auf sie schoss.

Ich habe in meinem ganzen Leben noch nie einen solchen Anblick gesehen, denn jeder Schuss, den wir abfeuerten, pflügte große Schneisen durch die überfüllten Decks. Zu allem Übel wurde auch noch ihr Mast durchschossen und fiel als großes Wrack längsseits, sodass sie nicht mehr manövrieren konnten, was sie vielleicht noch vorhatten.

Sie trieben in einer Entfernung von etwa vierzig oder fünfzig Yards an uns vorbei, schrien und brüllten und gaben uns mit großem Mut und Entschlossenheit eine letzte Breitseite.

Bald darauf liefen sie auf eine Sandbank auf und blieben dort für einige Zeit fest, allerdings in so untiefem Wasser, dass wir nicht näher an sie herankommen konnten, als wir gerade waren.

Die ganze Zeit über bahnte sich die Barke langsam ihren Weg durch die gewundenen Windungen des Kanals. An einer Stelle war sie bei niedrigem

Wasserstand auf Grund gelaufen, und obwohl sie mit der steigenden Flut wieder hochgekommen war, wurde sie durch dieses Missgeschick so sehr aufgehalten, dass sie nicht in der Lage war, ihrem Gefährten zu Hilfe zu kommen.

Als sie jedoch erkannten, welches Unglück der Schaluppe widerfahren war, und dass sie auf Grund gelaufen und nicht in der Lage war, uns anzugreifen, legten sie sofort an und legten sich direkt quer zum Kanal. Ich erkannte sofort ihre Absichten und dass sie entschlossen waren, uns so lange festzuhalten, bis die Schaluppe mit der steigenden Flut wegschwimmen und ihren Angriff gegen uns fortsetzen konnte.

In diesem Augenblick fasste ich den Entschluss, nicht auf einen Angriff zu warten, sondern ihn selbst zu suchen; denn obwohl die Besatzung der Barke der *Cassandra* zwei zu eins überlegen gewesen sein musste, war sie doch das viel kleinere Schiff von beiden und das weniger schwer bewaffnete.

Wenn wir nur einmal an ihr vorbeikämen und sicher in den Kanal einfahren könnten, wäre unsere Sicherheit so gut wie gewährleistet; denn, wie bereits erwähnt, war die *Cassandra* einer der besten Segler in den Docks der Ostindien-Kompanie.

Ich drehte mich um und winkte meinen Ersten Offizier zu mir. »Sir«, sagte ich, »dort ist unsere einzige Chance zu entkommen; wir müssen auf das Schiff in der Fahrrinne zusteuern, es angreifen und im Vertrauen auf Gott unsere Chance nutzen, sicher an ihm vorbei und wegzukommen. Wenn wir das Glück haben, es zu passieren, können wir einen guten Vorsprung gewinnen, bevor es in dem engen Meeresraum umkehren kann.«

Mr. Langely öffnete den Mund, als wolle er etwas sagen. »Nein, nein, Sir«, rief ich, »es ist unsere einzige Chance, und wir müssen sie nutzen.«

Zuerst litten wir nicht so sehr unter dem Feuer der Piraten, wie ich erwartet hatte; aber als wir bis auf hundert oder zweihundert Yards an sie herangekommen waren und in Reichweite der Musketen in ihren Unter- und Obermarssegel waren, wurde ihr Feuer wirklich furchtbar.

Das Steuerrad der *Cassandra* befand sich unter dem Überhang des Achterdecks, und sie konzentrierten sich zum größten Teil auf den Steuermann als Ziel, denn wenn die *Cassandra* einmal abfallen und in der engen Fahrrinne auf Grund laufen sollte, wäre sie dann in ihrer Gewalt, und sie könnten sie nach Belieben zerstören.

Einer nach dem anderen fielen drei Männer an diesem gefährlichen Posten, der dem Feuer der Piraten vollkommen ausgesetzt war.

Wir waren jetzt bis auf einhundertfünfzig Yards an sie herangekommen, und ein vierter Mann am Steuer hielt sich fest, aber nur für eine Minute, denn er sank auf die Knie, obwohl er das Steuerrad noch fest im Griff hatte und das Schiff auf Kurs hielt.

Mr. Langely und ich standen unter dem Überhang des Vorschiffs, woraufhin er, als er sah, dass der Mann verwundet war, ohne auf einen Befehl von mir zu warten, nach vorne sprang und das Steuerrad in seine Hände nahm, gerade als der andere nach vorne auf sein Gesicht fiel.

Im nächsten Augenblick schrie Mr. Langely: »Mein Gott, Captain, ich bin angeschossen!«

Seine rechte Hand fiel an seine Seite, und im nächsten Augenblick sah ich sein Hemd, das mit Blut befleckt war, das aus der Wunde in seiner Schulter herausquoll.

Das Schiff begann abzufallen, und ich rannte nach vorne und nahm das Steuer selbst in die Hand, denn in einer Minute würden wir, wenn wir unseren Kurs beibehielten, unter dem Heck der Piraten sein und in der Lage, sie mit unserer Steuerbord-Breitseite zu beschießen.

Ich hörte, wie ein Dutzend Kugeln in das Holzwerk um mich herum einschlugen; eine traf das Steuerrad, sodass ich das Gefühl hatte, meine Hand und mein Handgelenk seien durch den Schlag gelähmt.

Im nächsten Augenblick spürte ich einen furchtbaren Schlag auf meinen Kopf; ein heißer roter Strom ergoss sich über mein Gesicht und in meine Augen, und einen Moment lang drehte sich alles in meinem Kopf. Jemand hielt mich fest, aber gerade als die Dunkelheit über mich hereinbrach, fühlte ich, wie das Schiff unter mir bebte und ich hörte das Dröhnen unserer Breitseite. Endlich waren wir hinter dem Heck des Piraten.

Ich konnte nicht lange ohnmächtig gelegen haben, denn als ich die Augen öffnete und den Schiffsarzt und meinen Zweiten Offizier sah, die sich über mich beugten, hörte ich noch immer das Donnern der Kanonen.

»Was ist das, Mr. White?«, rief ich; »sind wir denn nicht am Piraten vorbei?«

»Sir«, sagte mein zweiter Maat mit ernster Stimme, »wir sind auf Grund gelaufen.«

»Und das Piratenschiff?«, rief ich.

»Sie sind auch auf Grund gelaufen«, sagte er, »und wir schießen auf sie, mit allem was wir haben.«

Ich erhob mich trotz des Protestes des Arztes und schob ihn ungeduldig beiseite. Es war so, wie Mr. White gesagt hatte: Das Piratenschiff war etwa zwei- oder dreihundert Yards von uns entfernt auf Grund gelaufen und saß fest auf dem Kiel, mit dem Heck zu uns. Sie muss mehr als einen Schuss zwischen Wind und Wasser abbekommen haben, denn sie war auf eine Seite gekrängt, und ich konnte sehen, wie ein Strom blutigen Wassers unaufhörlich aus ihren Speigattenlöchern floss.

Aber ich sah auch, dass wir festsaßen und dass, obwohl unsere Position besser war als ihre, jeder Schuss, den wir abfeuerten, uns durch den Rückstoß noch mehr auf den Grund trieb. Ich gab sofort den Befehl, dass alle Schüsse, außer denen mit Musketen, eingestellt werden sollten.

So lagen wir mehr als eine halbe Stunde lang auf Grund und beantworteten das Feuer der Piraten mit unseren Steinschloss-Gewehren. Obwohl dies für uns damals schrecklich zu ertragen war, erwies es sich am Ende als unsere Rettung; denn als sich die Flut erhob, schwammen wir wieder, volle zehn Minuten vor den Piraten, und entgingen so der unmittelbaren Zerstörung.

In der Zwischenzeit, während wir dort lagen, war die Schaluppe weggeschwommen, und die Piraten, die das Wrack des Hauptmastes abgetrennt und wieder Ruder eingesetzt hatten, wie die, die wir weggeschossen hatten, kamen ihrem Gefährten zu Hilfe.

Da sie unsere Lage sahen und wussten, dass wir auf Grund gelaufen waren, griffen sie uns nicht direkt an, sondern fuhren auf dem Weg in den Kanal, auf dem sie ihn verlassen hatten. Sie kamen so über uns hinein und schnitten uns jede Chance zur Flucht ab. Denn obwohl wir die anderen Schiffe fast überholt hatten, konnten wir nicht hoffen, auch an ihnen vorbeizukommen, ohne geentert zu werden, denn mit ihren Rudern konnten sie sich bewegen, wie sie wollten, und waren nicht vom Wind abhängig.

Sobald sie in die Fahrrinne eingelaufen waren, nahmen sie direkten Kurs auf uns, aber bevor sie uns einholen konnten, waren auch wir, wie bereits erwähnt, losgeschwommen; und obwohl wir nicht ins offene Wasser entkommen konnten, war es uns doch möglich, wieder in den Hafen einzulaufen, was wir auch taten, gefolgt vom Feuer des Piratenschiffs.

Der Wind war nun fast wieder abgeflaut. Die Schaluppe, die von ihren Rudern angetrieben wurde und durch ihren geringen Tiefgang die Untiefen und Sandbänke, die wir nicht überwinden konnten, überqueren konnte, begann, sich uns anzunähern, und sie versuchten mit aller Mühe, uns zu entern. Dennoch gelang es uns, einen fast einstündigen Kampf zu führen.

Schließlich kam uns das andere Schiff entgegen, um ihrem Begleiter zu helfen. Sie hatten seine Schäden repariert und Zeit gehabt, nachdem sie abgetrieben wurden. Die Schaluppe füllte sich zusehends mit Wasser und war so stark zur Seite gekrängt, dass ihre Decks schutzlos unserem Kanonenfeuer ausgesetzt waren.

Die ganze Zeit über waren die *Greenwich* und der Ostender etwa drei oder vier Meilen entfernt gefahren, nicht in der Lage, ins offene Wasser zu entkommen, solange die Piraten den Kanal hielten. Doch anstatt uns beizustehen, machten sie keine Anstalten, uns zu helfen, und feuerten auch nicht ein einziges Geschütz zu unserer Unterstützung ab.

Zu diesem Zeitpunkt war mehr als die Hälfte meiner Offiziere und Männer entweder getötet oder verwundet worden, sodass ich, als ich die Barke, gefüllt mit halb nackten, heulenden und nach unserem Blut dürstenden Unmenschen, auf uns zukommen sah, und erkannte, wie wenig Hoffnung bestand, dass Captain Kirby uns zu Hilfe kommen würde, keine andere Möglichkeit für unsere Sicherheit sah, als die *Cassandra* an Land zu bringen und, wenn möglich, zum Strand zu entkommen, so gut wir es konnten. Dementsprechend gab ich Mr. White die nötigen Befehle, und die *Cassandra* nahm Kurs auf den Strand, dicht gefolgt von der Piratenbarke, die bereits eine halbe Meile weiter unten an Land gebracht worden war, um sie vor dem Sinken zu bewahren.

Nach fünf Minuten stoppte die *Cassandra* und lief etwa fünfzig Yards vom Ufer entfernt auf Grund. Die

Piraten hatten vier Fuß weniger Wasser, aber Gott sei Dank blieben sie auf höherem Grund fest, sodass sie schließlich daran gehindert wurden, uns zu entern.

Hier kämpften wir fast eine Stunde lang, das letzte, und ich weiß nicht, ob nicht auch das blutigste Gefecht des ganzen Tages. Ich kann das Verhalten, nicht nur der Offiziere, sondern auch der Männer, nicht genug loben, die sich selbst in dieser extremen Situation mit dem außergewöhnlichsten Mut verhielten, obwohl die Besatzung der Schaluppe das größere Schiff mit drei Bootsladungen frischer Männer versorgte.

In der Zwischenzeit folgte die *Greenwich* dem vorausfahrenden Ostender und stach voll in See, sodass sie uns kämpfend in den Fängen des Todes zurückließen. Bald darauf schwamm das Piratenschiff mit der steigenden Flut frei und machte sich sofort an die Arbeit, Ketten vorzubereiten, um sie unter unser Heck zu legen, wenn auch noch in einiger Entfernung von uns. Als wir das sahen, blieb uns nichts anderes übrig, als das Schiff, wenn möglich, mit den Passagieren und den noch lebenden Männern zu verlassen und auf die Vorsehung zu vertrauen, dass sie uns nicht nur sicher wegbringen, sondern uns auch in diesem trostlosen Land unter einem fremden und wilden Volk bewahren würde.

IX.

Es war jetzt nach sechs Uhr, und Mr. White und der Bootsmann waren die einzigen unverletzten Offiziere, denen ich das Kommando über die Boote anzuvertrauen wagte, um meine Pläne für das Verlassen des Schiffes auszuführen.

Mr. Richards, der dritte Maat, war durch eine Kartätsche getötet worden, als wir auf das größere der Piratenboote aufliefen. Er war ein vielversprechender junger Mann von nur zweiundzwanzig Jahren und der Sohn meines Vetters.

Das Langboot und die Gig waren alles, was heil und unbeschädigt blieb, die anderen wurden während des Gefechts zerstört oder waren leck geschlagen.

Es wurde vereinbart, dass Mr. Jeks, der Bootsmann, das Kommando über das Langboot und Mr. White das über die Gig übernehmen sollte. Die Passagiere und die weniger schwer Verwundeten sollten mit dem Langboot fahren, während Mr. White die am schwersten Verwundeten in die Gig bringen sollte.

Inzwischen hatte sich der Wind wieder gelegt, und es war so windstill, wie an den beiden Tagen zuvor, sodass der Rauch dicht über dem Schiff und auf dem Wasser hing und nicht wegzog. Obwohl wir wegen dieser dichten Wolke unseren Feind nicht sehen und daher unsere Geschütze nicht zielsicher ausrichten konnten, hinderte sie auch ihn daran, uns zu sehen und zu wissen, was wir vorhatten, sodass alle unsere Bewegungen vor ihm ebenso verborgen waren wie seine vor uns.

Da Mr. Langely zu diesem Zeitpunkt an Deck kam, obwohl er durch den Schmerz seiner Wunde sehr schwach und kraftlos war, übertrug ich ihm das Bereitmachen und Absenken der Boote, während ich unter Deck ging, um die Frauen über unsere Pläne zu informieren und ihnen zu sagen, dass sie die Dinge zusammensuchen sollten, die sie in dieser Notlage brauchen könnten.

Ich fand sie in einem höchst bedauernswerten Zustand vor, da sie beim ersten Anzeichen der nahenden Schlacht unter Deck geschickt worden waren. Während der ganzen langen Zeit waren sie ohne viel Licht, nur mit einer vom Deck herabhängenden Laterne, sich selbst überlassen und konnten den Lärm des Kampfes und das Stöhnen der Verwundeten hören, ohne auch nur einmal zu wissen, ob sich die Dinge für oder gegen uns entwickelten.

Die beiden Damen saßen, oder besser gesagt hockten, auf einer Truhe oder Kiste und hielten sich an den Händen. Mistress Ann lag zusammengekauert in einer Ecke in einem extremen Zustand des Schreckens und der Verwirrung.

Ich sehe es noch vor mir, wie Mistress Pamela aussah, als ich die Leiter hinunterstieg: Ihr Gesicht war weiß wie Marmor, und ihre Augen schauten aus dem Schatten ihrer Brauen mit einem äußerst intensiven und brennenden Blick hervor. Mein Herz schmerzte für die armen Geschöpfe, wenn ich daran dachte, wie sehr sie gelitten haben mussten, seit sie an diesen furchtbaren Ort geschickt worden waren.

Sobald sie mich sahen, fingen sie an zu schreien und klammerten sich aneinander.

Sobald sie mich sahen, fingen sie an zu schreien und klammerten sich aneinander. Ich wunderte mich auch nicht über ihre Verwirrung, denn als ich mich einige Minuten später im Spiegel meiner Kajüte erblickte, sah ich, dass mein Gesicht und meine Hände vom Rauch des Pulvers geschwärzt waren. Mein Hemd und meine Weste waren mit dem Blut befleckt, das aus der Wunde an meinem Kopf geflossen war, und um meine Stirn war eine blutige Serviette gebunden, die ich mir hastig um den Kopf gewickelt hatte, sobald ich mich von den ersten Auswirkungen meiner Verletzung erholt hatte.

Aber in diesem Moment wusste ich nicht, wie ich aussah, und ich dachte mir auch nichts dabei, denn bei einem Kampf, wie wir ihn gerade hinter uns hatten, hat man wenig Zeit, über solche Dinge nachzudenken.

»Meine Damen«, sagte ich so sanft wie möglich, »haben Sie keine Angst, ich bin es, Captain Mackra.«

Daraufhin brach Mrs. Evans in ein heftiges Weinen aus und vergrub ihr Gesicht in den Händen, während Mistress Pamela mich immer noch mit starrem Blick ansah.

»Oh Gott!«, rief sie, »sind Sie verletzt?«, und sie deutete mit ihrem ausgestreckten Finger auf meinen Kopf.

»Aber nein«, sagte ich und zwang mich trotz meiner Angst zu einem Lachen, »es ist nur ein Kratzer und nichts Besonderes. Wir haben jetzt keine Zeit, über solche Kleinigkeiten zu reden, sondern nur über das Verlassen des Schiffes, denn wir können uns nicht länger verteidigen. Holt eure Sachen, die ihr braucht, aus eurer Kabine und beeilt euch, denn wir haben keine Zeit zu verlieren.«

Ich glaube, dass Mistress Ann in Ohnmacht fiel, als sie mich die Leiter hinunterklettern sah, denn wir stellten fest, dass sie nicht in der Lage war, sich zu bewegen. Ich nahm sie deswegen in die Arme und trug sie in die große Kajüte, die anderen folgten dicht dahinter. Dort ließ ich sie zurück und ging wieder an Deck, wo ich feststellte, dass sie die Verwundeten von unten heraufholten.

Ich hoffe, dass ich einen solchen Anblick bis zum letzten Tag meines Lebens nie wieder sehen werde, denn es ist eine Sache, einen Mann zu sehen, der im Gefecht erschossen wurde, und eine ganz andere, einen der eigenen Schiffskameraden stöhnend in einer Hängematte zu sehen, die nass und blutbefleckt ist.

Wir waren so auf Grund gelaufen, dass wir nur noch fünfzig Yards vom Ufer entfernt waren, und es konnte nur eine kleine Weile dauern, bis ein Boot dorthin und wieder zurück zum Schiff fahren konnte.

Dennoch hielt ich es für notwendig, die Rose des Paradieses in die Obhut von jemandem zu geben, der auf dieser ersten Überfahrt mitgefahren war und auf den ich mich voll und ganz verlassen konnte. Der Bootsmann hatte die Obhut über die Frauen, was natürlich von allergrößter Wichtigkeit war; daher gab es niemanden, in dessen Hände ich sie mit so viel Vertrauen legen konnte, außer in die von Mr. White.

Es war unbedingt notwendig, den Schein des Kampfes aufrechtzuerhalten, damit die Piraten nicht dachten, wir hätten uns ergeben und so an Bord kommen würden. Alle Männer, die nicht an den Kanonen gebraucht wurden, waren damit beschäftigt, die Verwundeten in das Langboot und die Gig zu bringen.

Während ich Mr. Langely damit beauftragte, führte ich Mr. White in meine Kajüte; dort öffnete ich den Schrank, den ich in meiner Koje eingebaut hatte, und nahm die Kassette mit dem Juwel heraus.

»Sir«, sagte ich, »ich will Ihnen ein Zeichen meiner Achtung und Wertschätzung geben. In dieser Kassette befindet sich ein Juwel im Wert von über dreihunderttausend Pfund; dieses vertraue ich Ihnen vorläufig an.«

»Wenn Sie das Ufer erreichen, kehren Sie nicht mit der Gig zurück, sondern bleiben, wo Sie sind, und schicken das Boot mit jemandem zurück, den Sie unter ihrer Mannschaft auswählen können. Sollte ich umkommen oder sollten die Piraten das Schiff entern, bevor das Boot zurückkommt (in diesem Fall kann ich nicht darauf hoffen, mit dem Leben davonzukommen), werden Sie diesen Auftrag an Mr. Longways, den Agenten der Gesellschaft in der Stadt des Königs, weiterleiten. Und nun, Sir, wünsche ich Ihnen Gottes Segen.«

Mr. White wollte gerade etwas erwidern, aber ich hielt ihn davon ab, indem ich ihm sagte, er könne seine

Wertschätzung für mich am besten dadurch zeigen, dass er das Schiff ohne weitere Worte verlässt.

Gemeinsam verließen wir meine Kabine und trafen draußen Captain Leach, den ich in der letzten halben Stunde immer wieder bemerkt hatte und der nie weit von mir entfernt war. Er kam direkt auf Mr. White und mich zu, warf aber nicht einmal einen Blick auf die Kiste, die Mr. White in der Hand hielt, sondern sprach mit mir.

»Ich bin im Auftrag von Mistress Pamela Boon gekommen«, sagte er. »Die Frauen sind bereit, das Schiff zu verlassen, und Mistress Ann liegt immer noch in Ohnmacht.«

»Ich werde zu ihnen gehen«, sagte ich und wandte mich dann an Mr. White und sagte sehr ernst: »Denken Sie daran, was ich Ihnen gesagt habe!«

Er antwortete nicht, sondern neigte den Kopf, und ich drehte mich um und verließ ihn, wobei mir Captain Leach dicht auf den Fersen blieb. Er ging nicht mit mir in die große Kajüte, sondern wartete draußen, und als ich einige Minuten später wieder herauskam, sah ich, dass er fort war.

Ich fand die Damen in der Kabine warten, jede mit einem aus einem Tuch gemachten Bündel. Die Zofe lag auf dem Boden, immer noch in Ohnmacht, und Mistress Pamela kniete neben ihr und rieb und tätschelte ihre die Hände, während Mrs. Evans am

Tisch saß und das Gesicht in den Händen vergraben hatte. Sobald ich eintrat, erhob sich Mistress Pamela.

»Sir«, sagte sie, »Captain Leach sagte mir, er würde Sie informieren, dass wir bereit sind.«

»Das hat er, Madam«, sagte ich, »und ich bin gekommen, um Ihnen zu helfen, von Bord zu gehen.«

Da es keine Anzeichen dafür gab, dass sich die Zofe von ihrem Anfall erholen würde, sah ich mich gezwungen, sie auf das Deck zu tragen, wie ich es bereits von unten hoch getan hatte.

Das Boot unter dem Kommando von Mr. White war schon weg, denn es hatte einige Minuten gedauert, bis ich die Frauen an Deck gebracht hatte.

Wir verfrachteten sie in das Langboot, das sofort ablegte und im Rauch verschwand. Dann holten wir den Rest der Verwundeten von unten herauf, die bei dem Gefecht am schwersten verletzt worden waren. Diese legten wir auf das Deck, um sie bei ihrer Rückkehr in die Boote zu bringen.

In der Zwischenzeit hatte ich denjenigen, die sich nicht um die Verwundeten kümmerten, den Befehl gegeben, viele der Geschütze zu laden, mit langsamen Zündschnüren im Zündloch, die fünf bis zehn Minuten brennen sollten. So konnte das Kanonenfeuer aufrechterhalten werden, auch nachdem alle das Schiff verlassen hatten, wodurch wir hofften, dass die Piraten eine Weile davon abgehalten werden würden, an Bord zu kommen, und so unsere Abwesenheit entdecken.

Nach etwa zehn Minuten kehrte die Gig ohne Mr. White zurück, und der Maat, der an seiner Stelle das Kommando führte, sagte, er sei mit den Frauen an Land geblieben, wie ich es ihm befohlen hatte.

Nach kurzer Zeit kehrte auch das Langboot zurück, wir holten alle Leute an Bord und fuhren los, wobei die Kanonen immer noch ab und zu feuerten, während die Blindgänger verglühten.

So kamen wir sicher ans Ufer, aber ohne Zeit zu verlieren.

An dem großen Geschrei, das bald darauf ertönte, wussten wir, dass die Piraten an Bord der *Cassandra* gekommen waren, und zwar in weniger als drei Minuten, nachdem der letzte Mann das Schiff verlassen hatte.

Nicht mehr als fünfzehn oder zwanzig Minuten hatte es gedauert, uns bereitzumachen und das Schiff zu verlassen; für diese Schnelligkeit und für die große Gelassenheit, die in dieser schwierigen Notlage an den Tag gelegt wurde, gebührt sowohl den Offizieren als auch den Männern alles Lob.

Der Kampf hatte mehr als viereinhalb Stunden gedauert, und während dieser Zeit hatten wir neun Tote, darunter den oben erwähnten dritten Maat, und zweiundzwanzig Verwundete, von denen drei später auf der Insel starben.

Außer den Kleidern und Wertsachen, die viele von ihnen mitgenommen hatten, hatten wir auch eine Menge Musketen und Pistolen sowie ein Dutzend oder mehr Schuss Munition für jeden kräftigen Mann vom Schiff mitgebracht.

Was mich betrifft, kann ich hier sagen, dass ich nicht nur meine Uhr vergessen hatte, die ich in meiner Kajüte hatte hängen lassen, sondern auch ohne Schuhe und Strümpfe war, die ich ausgezogen hatte, um leichter davonschwimmen zu können, falls die Piraten an Bord kommen sollten, während die Boote auf ihrer ersten Fahrt zum Ufer waren, und im letzten Moment war ich so sehr damit beschäftigt, das Hinablassen der Verwundeten in die Boote zu beaufsichtigen, dass ich nicht daran dachte, für das eine zurückzukehren oder das andere zu holen.

Sobald wir an Land waren, stürzten wir uns direkt in das dichte Gestrüpp, das dort bis dicht an den Rand des Strandes wuchs.

Nachdem wir uns ein Stück weit durch dieses Dickicht gezwängt hatten, fanden wir die anderen an einer kleinen freien Stelle am Fuße dreier Palmen, die etwa zweihundert Yards vom Ufer entfernt standen und auf uns warten, denn es war kurz vor Sonnenuntergang und die Wahrscheinlichkeit, dass uns die Piraten an diesem Tag folgen würden, war gering.

Mr. White stand in der Nähe meiner Passagiere, die in einer Gruppe versammelt waren, aber einer von ihnen fehlte. *Es war Captain Leach.*

»Und wo ist Captain Leach?« rief ich und schaute Mr. White direkt an.

Er starrte mich mit einem äußerst seltsamen Blick an, und ich sah, dass er bis zu den Lippen totenbleich wurde.

»Ist er denn nicht mit Ihnen in das Boot gekommen, Sir?«, sagte er schließlich mit leiser und heiserer Stimme.

Bei diesen Worten überkam mich eine schreckliche Angst. »Wo ist die Kassette, die ich Ihnen gegeben habe?« rief ich, und als ich sah, dass er nicht antworten wollte, wiederholte ich die Frage: »Wo ist die Kassette, die ich Ihnen gegeben habe?«

Als Antwort fummelte Mr. White ein oder zwei Augenblicke in seiner Westentasche herum und reichte mir dann ein Stück Papier.

Ich öffnete es und versuchte zu lesen, doch meine Hand zitterte so sehr, dass ich kaum etwas erkennen konnte. Aber trotz dieser Tatsache und trotz des verschwommenen Sehvermögens hat sich jedes Wort und jeder Buchstabe in mein Gedächtnis eingeprägt wie eine Messingplatte.

Es war wie in meiner eigenen Handschrift geschrieben und sehr hastig gekritzelt, aber so ähnlich aussehend, dass ich es selbst nicht hätte erkennen können, wenn ich nicht gewusst hätte, dass es eine Fälschung war.

Dies waren die Worte:

'Sir, ich habe meine Meinung in Bezug auf die Kassette geändert. Bitte übergeben Sie sie dem Überbringer (Captain Leach), der sie in Empfang nehmen und zu mir bringen wird.

John Mackra'.

Als ich den Brief immer noch in der Hand hielt und dumm darauf starrte, wurde mir die ganze Schurkerei der Angelegenheit enthüllt.

Ich begriff, dass Captain Leach, als er vor zwei Nächten mit dem Kanu der Eingeborenen das Schiff verlassen hatte, direkt zu den Piraten gekommen war und mit ihnen einen Handel über die verfluchte Rose des Paradieses abgeschlossen hatte.

Als er am nächsten Tag an Bord der *Greenwich* und des Ostenders ging, tat er es nicht, um sich eine Mitfahrt zu sichern, sondern um sie zu überreden, die

Cassandra zu opfern und so ihren eigenen elenden Schiffsrumpf zu retten.

Er hatte mich zu den Frauen in die große Kajüte geschickt, um mich loszuwerden, damit er Mr. White überlisten konnte, und schließlich hatte er diesen gefälschten Brief bei sich aufbewahrt, um ihn bei einer solchen Gelegenheit zu verwenden.

Dann dachte ich an meine getöteten und verwundeten Schiffskameraden, an das verlorene Schiff und die verlorene Ladung, an all diese armen Menschen, die an dieser wilden, wüsten Küste ohne Aussicht und Hoffnung auf Hilfe ausgesetzt waren, und an den Stein selbst, der mir so im letzten Augenblick und nach all dem Leid und dem vergossenen Blut aus den Händen gerissen wurde.

Es kam ein großes Getöse, alles begann sich vor meinen Augen zu drehen, eine dunkle Wolke schien mich zu umhüllen, und dann wusste ich nichts mehr.

X.

Nachdem ich so in Ohnmacht gefallen war, was sowohl durch das Fieber aufgrund meiner Wunde als auch durch den Blutverlust geschah, folgte eine lange Zeit, in der alles verworren und traumartig erschien.

Ich kann mir etwas ins Gedächtnis rufen, das mir wie eine große und mühsame Reise erschien. Sie vermischte sich so mit den Visionen meines Fiebers, dass ich nicht wusste, ob sie Stunden, Tage oder Wochen gedauert hatte, sonst kann ich mich an fast nichts erinnern.

Schließlich denke ich noch an eine raue und harte Pritsche, auf der ich mich hin und her gewälzt habe, und an ein dunkles und stilles Zimmer und an Menschen, die kamen und gingen und sich flüsternd unterhielten.

Dann erwachte ich eines Morgens wie aus einem tiefen Schlaf und spürte, dass die Hitze des Fiebers mich verlassen hatte, obwohl ich noch sehr schwach und müde war. Dieses Erwachen muss zwischen vier und fünf Uhr morgens passiert sein, denn die Matte, die an der Tür hing, war hochgehoben worden, und ein kühler und erfrischender Wind wehte durch die Lehmhütte.

Ich lag lange Zeit da und schaute zur Tür, die sich in Richtung meiner Liege befand, und durch die hindurch ich Hügel aus grauem Sand, vermischt mit üppiger

Vegetation, sehen konnte. Dahinter erstreckte sich der Rand des Ozeans wie ein schwarzer Faden vor dem grauen Himmel. Ich dachte an nichts, sondern lag ganz still da und fühlte mich enorm friedlich und ruhig.

Nach und nach drehte ich die Augen herum und bemerkte, dass jemand neben mir saß und dass es Mr. White war. Er sah nicht, dass ich ihn beobachtete, sondern saß da und las in seiner Bibel, denn er war ein junger Mann von großem Ernst des Geistes. Sein Anblick rief mir erst das eine und dann das andere ins Gedächtnis zurück, bis das Ganze so vollständig war, wie ich es bisher erzählt habe.

»Mr. White«, sagte ich. Ich sprach sehr leise, aber er hätte nicht heftiger aufschrecken können, als wenn ein Donnerschlag vom Himmel herunter geklungen hätte.

Er wandte sich mir direkt zu und legte mir die Hand auf die Stirn. »Ja«, sagte ich und bemühte mich, zu lächeln, »das Fieber hat mich jetzt verlassen, und wollen Sie mir bitte sagen, wo ich bin?«

»Sir«, sagte er, »Sie sind in Sicherheit und in der Stadt des Königs; ich werde jetzt gehen und dem Arzt mitteilen, dass sich Ihr Zustand verbessert hat.«

Mit diesen Worten verließ er mich, und Mr. Greenacre, der Arzt, kam bald darauf zu mir. Er teilte mir mit, dass alle Personen sicher in die Stadt des Königs gebracht worden seien. Ich könne mich beruhigen, sowohl was sowohl die Passagiere als auch die Besatzung betreffe, und dass ich jetzt nicht weiter reden dürfe, sondern mich selbst ausruhen solle, was in meinem gegenwärtigen Zustand sehr notwendig sei.

Ich war auch nicht geneigt, diesen Befehl zu missachten, sondern schloss bald darauf die Augen und fiel in einen höchst erholsamen Schlummer, aus dem ich erst gegen Sonnenuntergang erwachte, wobei ich feststellte, dass Mr. White wieder an meiner Seite war.

Als er sah, dass ich wach war, erschien es mir so, als wolle er wieder gehen und den Arzt rufen, aber ich hielt ihn zunächst von seinem Vorhaben ab.

»Bleiben Sie, Mr. White«, sagte ich. »Ich möchte jetzt gerne etwas mehr darüber erfahren, was passiert ist. Wie lange liege ich schon in diesem Zustand?«

»Etwa sechs Tage, Sir«, sagte er. Und dann, mit zitternder Stimme: »Oh, Captain Mackra, können Sie mir den Fehler verzeihen, den ich begangen habe?«

»Nun, Sir«, sagte ich, »ich habe nichts zu verzeihen, und Sie haben auch nichts getan, wofür Sie um Verzeihung bitten müssten. Was Sie getan haben, haben Sie in bester Absicht getan, und ich kann es Ihnen auch nicht verübeln, dass Sie sich von einem so bösen und gerissenen Schurken wie Captain Leach haben täuschen lassen.«

»Und nun sagen Sie mir, was gibt es Neues von den Piraten?« Darauf antwortete er, dass sie noch immer in der Bucht an der Ostseite der Insel vor Anker lägen. Sie würden die Schäden, die wir angerichtet hätten, ausbesserten und ihr Anführer sei ein gewisser Edward England, ein Bursche von großer Wichtigkeit unter diesen bösen Schurken.

Er sagte mir weiter, dass sie über diesen blutigen Kampf, der sie so teuer zu stehen kam, so erzürnt waren, dass sie eine Belohnung von zweitausend Pfund auf meinen Kopf ausgesetzt hatten und dass der König der Insel uns seinen Schutz angeboten und sich verpflichtet hatte, uns sicher vor jedem Angriff zu bewahren, den die Seeräuber gegen uns unternehmen könnten.

Um jedoch zu verhindern, dass einer der Eingeborenen mich für diese große und prächtige Belohnung verraten wollte, hielt man es für das Beste, wenn die Nachricht verbreitet würde, ich sei bei dem letzten Gefecht getötet worden.

Nachdem er diese Dinge so kurz wie möglich erzählt hatte, begab sich Mr. White erneut auf die Suche nach dem Arzt, der auch bald kam, und sich sehr erfreut über meinen Fall äußerte, der nun zweifellos auf dem Wege der Besserung sei.

Nachdem ich ein sehr herzhaftes Abendessen mit einer reichhaltigen und wohlschmeckenden Brühe zu mir genommen hatte, war ich so weit erfrischt, dass ich in der Lage war, einige wenige Personen zu empfangen, die es besonders wünschten, mit mir zu sprechen, und die bald darauf von Mr. Greenacre hereingeführt wurden.

Der erste, der kam, war mein früherer Bekannter, Mr. Longways, der Agent der Gesellschaft, und mit ihm ein großer Eingeborenenhäuptling, der eher wie ein Malaie als ein afrikanischer Neger aussah und der kein anderer war als König Kulakula selbst.

Die beiden hatten einen schwarzen Dolmetscher aus Mosambik dabei, denn 'King Coffee' konnte kein einziges Wort Englisch, sondern nur ein wenig Niederländisch, das er von den Händlern an der Küste aufgeschnappt hatte.

Nach ihnen kamen die beiden Damen in Begleitung von Mr. Langely, der sich inzwischen so weit von seiner Verwundung erholt hatte, dass er sich mit Leichtigkeit bewegen konnte, obwohl er seinen Arm noch in einer Schlinge trug.

Mrs. Evans brach in Tränen aus, als sie mich sah, aber Mistress Pamela kam sofort zu mir, nahm meine Hand und führte sie an ihre Lippen, obwohl ich mich nach Kräften bemühte, sie davon abzuhalten.

»Sir«, sagte sie, »was schulden wir nicht alles unserem tapferen Beschützer, der uns durch all diese große Not in Sicherheit gebracht hat!«

»Nein, Madame«, rief ich hastig, denn ich konnte es nicht ertragen, dass sie mir, der ich es so wenig verdient hatte, Anerkennung zollte, da ich sie so hilflos von der *Cassandra* weggebracht hatte – »nein, Madame, zollt mir keine Anerkennung; zollt sie zuallererst Gott und dann Mr. Langely, der euch, wie ich höre, trotz seiner schweren Verwundung sicher durch die Wildnis an diesen Ort gebracht hat.«

Nachdem sie so gesprochen hatten, kam King Kulakula mit dem Dolmetscher nach vorne und äußerte durch den schwarzen Mann viele freundliche und gnädige Wünsche für die weitere Verbesserung meines Zustands. Er versicherte mir außerdem, dass wir alle vor unseren Feinden geschützt sein würden, solange wir an diesem Ort bleiben wollten.

Nach einer Weile verließen mich meine Besucher, mit Ausnahme von Mr. Longways, der mit Erlaubnis des Arztes zurückblieb, um ein paar Worte mit mir zu wechseln. Da bemerkte ich zum ersten Mal, wie sehr er sich in seinem Aussehen von dem unterschied, wie es früher gewesen war, denn die Fröhlichkeit seiner Erscheinung war verschwunden, und er wirkte in seiner Stimmung sehr beunruhigt.

Sobald er sich vergewissert hatte, dass niemand in der Nähe war, um uns zu belauschen, begann er ohne Vorrede über die Rose des Paradieses zu sprechen. Er sagte, dass Mr. White ihn darüber informiert habe, dass sie verloren gegangen sei und dabei auch einige

Einzelheiten in dieser Angelegenheit erwähnte. Dieser Verlust bedeute für ihn den Ruin. Er könne in einem Brief kein Wort zu seiner eigenen Verteidigung sagen, während ich, wenn ich nach Hause käme, jede Gelegenheit hätte, meinen Fall bei der Ostindien-Kompanie auf meine Art und Weise persönlich darzulegen, um mich dabei reinzuwaschen und ihn im Schlamassel zu lassen.

Trotzdem sei er der Meinung, dass selbst ich, mit all diesen Vorteilen zu meinen Gunsten, große Schwierigkeiten haben würde, die Sache wieder in Ordnung zu bringen, denn der Verlust von dreihunderttausend Pfund, abgesehen von meinem Schiff und meiner Ladung, war eine Sache, über die man nicht so leicht hinweggehen konnte.

Ich konnte mir kaum verkneifen, über diese Rede zu lächeln, obwohl sie von so ernster Natur war, denn es kam mir sehr seltsam vor, dass Mr. Longways mich so leicht verdächtigte, ihn ruinieren zu wollen.

»Sir«, sagte ich, »ich weiß nicht, was Sie in einem solchen Fall wie diesem tun würden, aber ich sage Ihnen ganz klar, dass ich, wenn ich gezwungen bin, der Ostindien-Kompanie den unglücklichen Bericht zu erstatten, dies tun werde, ohne Sie oder mich oder irgendjemanden zu beschuldigen, sondern einfach die Wahrheit sagen und sie die Sache so entscheiden lassen, wie sie es für richtig halten.«

»Das ist es ja, Sir«, rief er, »das ist es ja, Sir. Wenn die Kompanie erfährt, dass ich dieses wichtige Geheimnis an Captain Leach verraten habe, werde ich mich für lange Zeit in einer schlechten Lage befinden, bevor ich wieder Gnade bei ihnen erlangen würde.«

»Das tut mir sehr leid für Sie«, sagte ich mit ernster Stimme. »Aber das ist natürlich eine Angelegenheit, für die Sie allein verantwortlich sind, Sir. Dennoch muss ich Ihnen sagen, dass ich nicht geneigt bin, diesen Ort zu verlassen, ohne mich zu bemühen, das wiederzuerlangen, was so unglücklich verloren gegangen ist.«

»Was, Sir!«, rief er, »wollen Sie damit sagen, dass Sie sich bemühen werden, die Rose des Paradieses wiederzufinden? Und wie wollen Sie das anstellen, wenn ich fragen darf?«

»Sie dürfen fragen, Sir«, sagte ich lächelnd; »aber ob ich es Ihnen sage, ist eine ganz andere Sache.«

Ich hatte mich bereits zu etwas entschlossen, kaum dass Mr. White mir mitgeteilt hatte, wer der Piratenkapitän war, in dessen Hände die *Cassandra* gefallen war: Ich wollte an Bord des Piratenschiffes gehen und mit Captain Edward England selbst sprechen.

Ich kannte ihn schon, bevor er sich auf das ruchlose Leben einließ, das er jetzt führte, und als er noch Erster Offizier der *Lady Alice* war. Damals war ich mit

Captain Wraxel auf den Westindischen Inseln und hatte England in Kingston auf der Insel Jamaika kennengelernt. Bei dieser Gelegenheit schien er eine gewisse Sympathie für mich zu empfinden, auch wenn ich nicht sagen kann, dass sie von mir freundlich erwidert wurde.

Ich lernte ihn als einen wilden und rücksichtslosen Raufbold kennen, der aber weder blutdürstig noch grausam war. Und selbst wenn ich eine Veränderung seines Charakters, die dieses verruchte Leben hätte bewirken können, in Kauf nahm, dachte ich nicht daran, dass mir etwas zustoßen würde, wenn ich einmal sein Versprechen hätte, sein Schiff sicher besuchen zu können.

Was das Juwel anbelangt, so glaubte ich nicht, dass Captain Leach sein Geheimnis preisgeben würde, ohne dazu gezwungen worden zu sein. Daher hoffte ich, dass ich ihm den kostbaren Stein, wenn er ihn noch bei sich hatte, durch irgendeinen Trick wieder entreißen könnte. In diesem Fall würde er wohl nichts sagen können, aus Furcht, dass die Piraten ihn dafür bestrafen würden, dass er ihn vor ihnen geheim gehalten hatte. Aber obwohl ich erkannte, dass es, wie Mr. Longways gesagt hatte, für seine und meine Zukunft von großer Bedeutung war, die Rose des Paradieses wiederzuerlangen, riskierte ich mein Leben nicht so sehr in der Hoffnung, den Stein zu erlangen, sondern vielmehr, ein Mittel zu finden, durch das wir alle die Insel verlassen konnten.

Wir – und vor allem die Frauen – würden in ständiger Gefahr vor den blutrünstigen Schuften sein, die nach Rache dürsteten, wegen der Gegenwehr, die wir von der *Cassandra* geleistet hatten. Folglich hielt ich es für das Beste, den Piratenkapitän mutig aufzusuchen, denn ich hoffte sehr, ihn überreden zu können, uns die Flucht zu ermöglichen und sogar von ihm ein Mittel zu diesem Zweck bekommen würden. Auf jeden Fall konnte das Wagnis für uns nur von Vorteil sein, denn selbst wenn ich umkäme, könnte ihre Rache dadurch befriedigt werden, und sie könnten abreisen, ohne die übrige Schiffsbesatzung zu belästigen, denn sie betrachteten mich nur zu gern als die Hauptursache für all ihre Missgeschicke im zurückliegenden Kampf.

Bevor ich es wagen konnte, an Bord des Piratenschiffes zu gehen, war es notwendig, dass ich zuerst einen Brief an den Kapitän schrieb und auch eine vertrauenswürdige Person beauftragen konnte, die ihm meine Mitteilung überbrachte. Ich dachte nicht zweimal darüber nach, denn der gesunde Menschenverstand wies auf Mr. White hin, der als einziger geeignet war, mein Bote zu sein. Ich schickte deshalb nach ihm, und er kam kurz danach zu mir.

Ich teilte ihm mit, dass ich mit dem Piratenkapitän in einer sehr wichtigen Angelegenheit in Verbindung treten wolle und dass ich ihm diese Gelegenheit gebe, seine Selbstachtung wiederherzustellen, indem er Captain England meine Botschaft überbringt.

Ich habe noch nie einen so dankbaren Mann gesehen wie Mr. White bei dieser Gelegenheit. Zwei- oder dreimal bemühte er sich, zu sprechen, und wenn es ihm gelang, sagte er nur: »Sir, ich danke Ihnen.«

Nachdem der Arzt mir die Erlaubnis erteilt hatte, schrieb ich meinen Brief, und Mr. White nahm ihn noch in derselben Nacht mit, wobei er außer zwei Eingeborenen, die ihm als Führer dienten, keinen Begleiter hatte. Ich habe eine Abschrift des Briefes, die damals angefertigt wurde und die wie folgt lautet:

'An Kapitän Edward England:

Sir, ich schreibe Ihnen dies in einer höchst aussichtslosen und verzweifelten Lage.

Nachdem wir uns, unser Schiff und die uns anvertrauten Menschen gegen Sie verteidigt haben, obwohl Sie mit allen Mitteln versucht hatten, uns zu vernichten, sehen wir uns nun gezwungen, Sie um Hilfe zu bitten, obwohl Sie erst kürzlich nach unserem Leben trachteten. Wir würden auch jetzt noch nichts von Ihnen erbitten, wenn es nicht um drei arme, hilflose Frauen ginge, deren Sicherheit hier ständig ungewiss ist und die, wenn ihnen nicht geholfen wird, in diesem trostlosen und wilden Land elend zugrunde gehen könnten.

Sir, obwohl Sie eine wilde und unbeherrschte Natur sind, habe ich Sie nie als grausamen Mann kennengelernt; deshalb bitte ich Sie um diese Hilfe für diese drei Frauen.

Außerdem bitte ich Euch, diese Bitte um Hilfe nicht vorschnell abzulehnen, sondern mir zu erlauben, an Bord Eures Schiffes zu kommen und persönlich mit Euch zu sprechen.

Ich weiß, dass einer bei Euch ist, der wegen einer großen Verletzung, die er mir zugefügt hat, mein Feind ist und der sich zweifellos gegen mein Leben verschwören wird – ich meine Captain Leach, der kürzlich zu meinen Passagieren gehörte und der uns, wie ich vermute, zusammen mit anderen in Eure Hände verraten hat. Aber obwohl ich glaube, dass er mir nach dem Leben trachten würde, bin ich bereit, es Ihnen anzuvertrauen, wenn Sie mir Sicherheit für mein Kommen und Gehen versprechen.

Sir, ich bitte Euch, mir diese Rede bei Euch zu gewähren, damit ich für die Sache der Schwachen und Hilflosen eintreten kann, und bin, Sir,

Ihr sehr gehorsamer und demütiger Diener,

John Mackra.'

XI.

Mr. White war nur etwas mehr als zwei Tage weg, und als er zurückkam, brachte er einen Brief des Piratenkapitäns mit. Die Mitteilung lautete wie folgt:

'An Kapitän John Mackra, zuletzt auf der 'Cassandra:

Sir, wenn Ihr Euer Leben riskieren wollt, indem Ihr hierher kommt, habe ich kein Wort dagegen zu sagen. Unter mir befindet sich ein wilder Haufen von Schurken, die das Steuerruder nicht besser im Griff haben als ein Waschzuber, sodass meine Befehle wenig oder gar kein Gewicht bei ihnen haben. Trotzdem, wenn Sie an Bord kommen und den Mut haben, sich der Sache zu stellen, werde ich tun, was ich kann, damit Ihnen nichts zustößt. Aber wenn Sie auf den Rat eines Freundes hören, bleiben Sie, wo Sie sind, und lassen Sie die Sache von selbst ausheilen, denn Sie wissen sehr gut, dass es keinen Sinn hat, ein morsches Seil zu spleißen. Was Eure Lage angeht, so ist das eurem Glück zuzuschreiben und nicht mir.

Edward England.'

Ich war über diesen kostbaren Brief nicht besonders erfreut, denn ich konnte sehr leicht erkennen, wie wenig Befehlsgewalt Captain England über die elenden Burschen unter ihm hatte. Dennoch änderte dies nichts an meiner Entschlossenheit, an Bord des Piratenschiffes zu gehen und mit ihm zu sprechen. Dazu war ich umso mehr geneigt, als ich mich sicher fühlte, dass die Piraten jetzt nicht mehr so heiß auf mein Blut sein konnten, wie sie es anfangs gewesen waren.

Ich musste mich von der Stadt des Königs entfernen, ohne jemandem meinen Entschluss anzuvertrauen; noch durfte irgendwer von meiner Abreise wissen. Mir war sehr wohl gewiss, dass es keinen meiner Offiziere gab, der mich nicht davon abgehalten hätte, meine Pläne zu verwirklichen, wenn sie davon erfahren hätten, selbst wenn sie hätten Gewalt anwenden müssen, um meine Abreise zu verhindern.

Es war der Abend des achten Tages nach dem Kampf, als Mr. White mit dem Brief des Kapitäns England zurückkehrte, und ich beschloss, dass ich noch in derselben Nacht zu meinem Unternehmen aufbrechen sollte, das einem, der es mit kühlem Blick betrachtet, kaum besser als die wilde Tat eines Wahnsinnigen erscheinen mag.

Es war auch nicht so, dass ich mir des Ausmaßes dieser Gefahren nicht bewusst gewesen wäre, denn ich ließ mich nur deshalb darauf ein, weil ich in der verzweifelten Lage, in der wir uns befanden, keinen anderen Ausweg aus unseren Schwierigkeiten sehen konnte und daher, in Ermangelung eines besseren, diesen wählen musste.

Daher beschloss ich, wie gesagt, noch in derselben Nacht aufzubrechen, denn durch eine weitere Verzögerung konnte nichts gewonnen werden.

Es würde mir nichts anderes übrig bleiben, als den Strand entlang zu gehen, der zwar die Entfernung um fünf oder sechs Meilen vergrößerte, mir aber dennoch einen sicheren und ebenen Weg für meine Reise bot, da der Sand bei Ebbe fest und hart war.

In dieser Nacht schrieb ich noch einen langen Brief an Mr. Langely, in dem ich ihm alle Einzelheiten meines Vorhabens mitteilte und auch Anweisungen gab, wie er vorgehen sollte, falls ich von meinem Abenteuer nicht zurückkehren sollte. Ich schrieb auch mein Testament und regelte alle meine Angelegenheiten, so gut es mir möglich war. Dies dauerte bis gegen Mitternacht.

All dies gelang mir, ohne dass jemand etwas davon erfuhr, und zwar mit dem Licht eines kleinen Dochtes, der in einer Ölschale schwamm, deren Flamme ich so gut abgedunkelt hielt, dass sie in der ganzen Zeit von niemandem bemerkt wurde.

Gegen ein Uhr kam ich aus meiner Hütte und fand die Sterne wunderschön am Himmel leuchten, und die ganze Luft war voll von den Geräuschen der Nacht.

Ich verweilte jedoch nicht, sondern ging geradewegs zum Strand und an ihm entlang zum nördlichen Ende der Insel, um das herum und jenseits des Kaps, von dem ich wusste, dass die Bucht etwa zehn Meilen von der Stadt des Königs entfernt lag.

Ich war erst zweimal auf den Beinen, seit das Fieber mich verlassen hatte, und stellte fest, dass ich viel schwächer war, als ich es mir selbst zugetraut hatte, sodass ich mich in häufigen Abständen ausruhen musste. Dennoch gelang es mir, bis etwa sechs Uhr morgens etwa zehn Meilen meiner Reise zurückzulegen. Zu diesem Zeitpunkt war ich so erschöpft, dass ich nicht mehr weitergehen konnte, sondern mich im Schatten der Büsche hinlegen und lange ausruhen musste.

Ich erzähle diese Dinge, um zu zeigen, warum meine Reise fast zwei Tage dauerte, denn erst am Nachmittag des zweiten Tages kam ich in Sichtweite eines Bootes, das am Strand lag und von dem ich wusste, dass es zu den Piraten gehörte, und dessen Besatzung ins Dickicht gegangen war, um entweder nach Wild oder nach Wasser zu suchen.

Ich hatte den ganzen Tag nichts gegessen, denn ich hatte nicht damit gerechnet, dass meine Reise so lange dauern würde, und ich wollte mich nicht mit mehr Nahrung als nötig belasten. Ich war also froh, als ich das Boot sah, denn ich war nicht nur sehr müde, sondern meine Füße waren durch die ungewohnte Sonneneinstrahlung auf dem nackten Sand so stark verbrannt, dass ich nur unter Schmerzen laufen konnte.

Als ich mich näherte, sprangen zwei Kerle, die auf der anderen Seite im Schatten gelegen hatten, auf und riefen mich.

»Wer bist du?«, sagte der eine, ein großer schwarzbärtiger Kerl mit einem schmutzigen gelben Taschentuch um den Kopf, einem zerlumpten Schal um die Lenden, einem Paar Pistolen, die an einem Ledergürtel hingen, und einem schmutzigen Hemd, das an der Brust geöffnet war und einen haarigen Hals und Brustkorb zeigte.

»Ich bin Captain John Mackra«, sagte ich und setzte mich auf das Dollbord des Bootes, denn weiter konnte ich nicht gehen.

»Ich bin Captain John Mackra«, sagte ich und setzte mich auf das Dollbord des Bootes, denn ich konnte nicht mehr weitergehen.

»Der Teufel bist du«, sagte er und starrte mich von oben bis unten an, als wäre ich ein seltsames Geschöpf, das er noch nie gesehen hatte.

Dann, ohne ein weiteres Wort, legte er die Finger an die Lippen und stieß einen langen, schrillen Pfiff aus. Bald darauf hörte ich ein lautes Knacken im Gebüsch das Geräusch lauter Stimmen, und aus dem Dickicht kamen sechs oder acht große, bärtige, schmutzige, schurkische Schurken, die zum Boot hinunterliefen, nachdem sie mich gesehen und erkannt hatten, dass ich ein Fremder war.

»Es ist Captain Leach«, sagte der einer der Piraten, der noch nicht gesprochen hatte, ein junger Kerl von nicht mehr als zwanzig Jahren.

Einige von denen, die gerade gekommen waren, hatten getrunken, wie man an ihrem Verhalten deutlich erkennen konnte. Einer von ihnen war darauf aus, mich eigenhändig zu töten, und ich glaube, er hätte es auch getan, trotz allem, was die anderen tun oder sagen konnten, wenn ihn nicht ein anderer von ihnen mit einem Ruder mit einem solchen Schlag niedergeschlagen hätte, dass ich zuerst dachte, der Bursche sei auf der Stelle tot.

Danach fesselten sie mich an Händen und Füßen und warfen mich zusammen mit dem vom Ruder niedergeschlagenen Burschen, der ohne Leben und ohne Bewegung dalag, in das Heck des Bootes, als wären wir beide nicht mehr wert als irgendwelches altes Gerümpel. Danach stießen sie das Boot vom Strand ab, in Richtung meines alten Schiffes, der *Cassandra*, die etwa anderthalb bis zwei Meilen entfernt vor Anker lag.

Kaum war das Boot längsseits gegangen, als die Nachricht von meiner Ankunft wie Pulverdampf nach vorne und nach hinten drang. Sie hievten mich an Deck und legten mich gleich achtern an den Großmast, während sich eine große Menschenmenge um mich versammelte und mich anstarrte, wobei einige grinsten und andere mich verfluchten.

Die meisten von ihnen waren mehr oder weniger betrunken, und dieser Umstand hätte mich beinahe das Leben gekostet, und so geschah es:

Ein großer Kerl mit einer schrecklichen Narbe im Gesicht versetzte mir einen Tritt in die Lenden, von dem ich zuerst dachte, er hätte mich erledigt, und zwar aus keinem anderen Grund, den ich erkennen konnte, als dass er betrunken und in einer wilden Stimmung war.

Ein oder zwei von ihnen riefen ihm zu, er solle mich nicht gleich umbringen, aber er antwortete nicht, sondern versetzte mir einen weiteren Tritt gegen den Kopf, den ich mit meinem Arm abwehrte, sodass er mir wenig oder keinen Schaden zufügte.

Er holte mit dem Fuß zu einem weiteren Schlag aus, aber in diesem Augenblick sauste ein eiserner Belegnagel durch die Luft und traf den Burschen am Kiefer, sodass er auf das Deck fiel, als hätte man ihn erschossen.

Ich drehte meine Augen um und sah, dass es Captain England selbst war, der den Wurf ausgeführt hatte.

»Hört zu«, sagte er, »so etwas machen wir nicht; wenn schon getötet werden muss, dann auf die Art, wie es Gerichte tun. Er ist selbst an Bord gekommen, und wenn er getötet werden soll, dann erst nach seinem Prozess und nicht vorher.«

Es gab eine kurze Pause, denn Captain England hatte zwei Pistolen gezogen und gespannt und hielt eine in jeder Hand.

In diesem Moment trat ein Mann auf ihn zu, dem man ansah, dass er eine gewisse Bedeutung hatte, denn er war reich gekleidet und hatte eine goldene Kette mit einem Kreuz um den Hals und goldene Ohrringe. Er ging auf England zu, bis er ihm direkt gegenüberstand.

»Schau, Ned [Kurzform von Edward] England«, sagte er, »was ich zu sagen habe, ist Folgendes: Du spielst die Dinge zu hoch, als dass sie zu uns einfachen Leuten passen. Glaubst du, du bist König oder Kaiser, und wir sind Negersklaven, die du nach Lust und Laune verprügeln kannst?«

Ich hatte erwartet, dass England den Kerl auf der Stelle niederschießen würde, aber er hielt sich zurück, und aus dem Gemurmel der anderen wusste ich, dass der Sprecher die meisten von ihnen hinter sich hatte.

»Sieh mal an«, sagte er frecher, »haben wir dich nicht selbst zu unserem Kapitän gewählt? Und hier schlägst du mit Belegnägeln auf uns ein, als ob jeder von uns dir gehören würde, und wofür das alles? Weil man diesem vornehmen Hochseekapitän einen unschuldigen Tritt verpasst hat, für all die guten Leute, die er vor zehn Tagen in die Hölle geschickt hat. Ich sage: Hängt ihn an der Rahe auf«, und er verpasste mir einen fürchterlichen Tritt in die Seite, ohne den Blick vom Gesicht des Kapitäns zu nehmen.

Zu diesem Zeitpunkt hörte ich zwar, was gesagt wurde, aber ich dachte nur wenig an das, was um mich herum geschah. Mein Geist war von meiner Schwäche und meinen Schmerzen vernebelt, denn ich war fast ohnmächtig geworden von den Qualen dieser beiden Tritte in meine Flanke und Lenden. Deshalb lag ich mit geschlossenen Augen da und fühlte mich todkrank und ohnmächtig.

Es folgte eine Zeit der Stille, doch wie lange, konnte ich nicht genau sagen. Dann hörte ich Captain England sprechen, und die Worte drangen wegen meines Zustands wie aus großer Entfernung an meine Ohren.

»Sei verdammt Burke, was kümmert mich der Kerl? Wenn du das Leben des Mannes willst, dann nimm es dir!«, und ich bemerkte, dass er auf den Absatz herumschwang und wegging.

XII.

Ich konnte in diesem Moment nicht sehen, dass irgendetwas zwischen mir und dem Tod stand, denn die Piraten waren so sehr auf meine sofortige Tötung erpicht, dass sie sich daran machten, einen Strick vorzubereiten, um mich ohne Weiteres aufzuhängen.

Obwohl ich Grund zu der Befürchtung hatte, dass der nächste Augenblick mein letzter auf Erden sein würde, war die Furcht vor dem Tod in keiner Weise stark in mir. In meinem Halbschlaf lag ich wie in einem Traum und sah und hörte nicht sehr deutlich die Vorbereitungen, die sie für meine Hinrichtung trafen, und so wurde mir dieser Schmerz gnädigerweise erspart.

Aber Gott in seiner großen Barmherzigkeit bestimmte es anders, als es die Absicht dieser bösen Männer war, denn gerade in diesem Moment begann jemand vorne mit heiserer Stimme zu schreien: »Wo ist Jack Mackra [Jack als Variante von John gebraucht]? Wo ist er, sagt es mir? Zeigt ihn mir! – – – Hey! Geht mir aus dem Weg und lasst mich zu ihm!«

Als ich den Kopf drehen konnte, schaute ich dorthin, woher die Stimme kam, und sah, wie im Traum, einen großen, hochgewachsenen Mann mit einer Augenklappe und einer Krücke unter seinem linken Arm. In der rechten Hand hielt er ein langes, scharfes Messer, das er in der Richtung derjenigen schwang, die sich ihm in den Weg stellten, sodass sie bereitwillig Platz machten, wobei ihn ein oder zwei davon verfluchten, während die anderen grinsten und lachten, als wäre das alles ein schöner Spaß.

Als die Umstehenden beiseitetraten, sah ich ihn deutlicher: Sein linkes Bein war am Knie abgetrennt, er bewegte sich schlaksig und unbeholfen, und er hatte eines der abscheulichsten Gesichter, die ich je zu sehen bekommen hatte.

Ich konnte auch sehen, dass er, wie viele der anderen, getrunken hatte. Es war klar, dass er unter ihnen sehr beliebt war, denn sie machten ihm Platz und ertrugen alle seine Flüche und viele Schläge, die er mit seiner Krücke austeilte, ohne ihm zu antworten oder sich zu wehren.

Sogar der Bursche, der dem Captain so frech ins Gesicht gesprochen hatte und den ich später für den Chef der 'Lords' hielt, wie sie die Autoritätspersonen unter ihnen zu nennen pflegen, grinste und trat zur Seite, als der schurkische Krüppel kam und sich über mich beugte.

»Verd ... du«, sagte er, »bist du es, Jack Mackra? Dann habe ich eine Rechnung mit dir offen, die schon seit vielen Tagen auf dem Tisch liegt.«

Er drehte mich mit seiner Krücke auf das Gesicht. Im nächsten Moment spürte ich, wie die Stricke, mit denen meine Hände gefesselt waren, nachgaben, und ich wusste, dass man sie durchtrennt hatte. Dann wurden meine Beine und Füße von ihren Fesseln befreit, und ich war ein freier Mann.

Ich hörte den Burschen sagen: »Steh auf!«, woraufhin ich mich aufrichtete und um mich blickte, obwohl mir immer noch schwindlig im Kopf war und mir alles verschwommen und verzerrt erschien. Der Himmel und das Meer und die Gesichter um mich herum vermischten sich auf seltsame Weise miteinander.

Dann, als die Verwirrung von mir abfiel, hörte ich den einbeinigen Mann zu mir sprechen.

»Wissen Sie, wer ich bin?«, sagte er.

»Nein«, sagte ich, als ich mich endlich zum Sprechen aufraffte, »ich kann mich nicht an Sie erinnern.«

»Nun«, sagt er, »erinnern Sie sich nicht an Jimmy Ward, den Koch an Bord der *Pembroke Castle*, den Sie vor fünf betrunkenen spanischen Teufeln drüben in Honduras gerettet haben? Hey? Erinnern Sie sich nicht daran, wie sie mich unter den Tisch gedrückt haben und mit ihren verd... Messern auf mich einstachen und schworen, dass sie mir das Herz aus dem lebendigen Leib schneiden würden? Wenn Sie nicht gewesen wärst, wäre es damals mit Jimmy Ward zu Ende gegangen.«

Er wartete auf eine Antwort, aber ich konnte noch nichts sagen.

»Nun, ich habe es nicht vergessen, auch wenn Sie es vergessen haben«, fuhr er fort; »ich schulde Ihnen etwas, und ich werde meine Schuld begleichen, und wenn ich dafür bluten muss.«

In diesem Moment kommt der Kerl, der vor ein oder zwei Minuten England noch so kühn entgegengetreten war. »Komm, komm, Jimmy«, sagte er, »ein Witz ist ein Witz, und ich kann so laut lachen wie alle hier; aber hier ist ein Mann, der uns mehr Schaden zugefügt hat als jeder andere, mit dem wir zusammengestoßen sind, seit wir den Ärger mit der *Eagle* hatten.«

»Hängt ihn auf! Hängt ihn auf!«, riefen mehrere der Umstehenden, und ich glaube wahrhaftig, die Sache wäre doch gegen mich ausgegangen, wenn nicht Captain England, der die ganze Zeit in der Nähe gewesen sein muss, dem Krüppel zu Hilfe gekommen wäre. Beide zusammen verstanden es, so zu argumentieren und zu reden und die anderen zu bedrohen, dass die Sache damit endete, dass sie mich in die Kajüte des Kapitäns führten, der eine auf der einen Seite von mir, der andere auf der anderen, während die Menge hinter ihnen herging, die aber nicht weiter als bis zur Tür kam, die ihnen vor der Nase zugeknallt wurde.

»Sie haben es gerade noch geschafft«, sagte England, sobald wir in Sicherheit waren und uns hingesetzt hatten. »Das haben Sie niemandem außer sich selbst zu verdanken, denn hätten Sie auf das gehört, was ich Ihnen gesagt habe, wären Sie geblieben, wo Sie waren, und hätten ihr Pech das eigene Schiff steuern lassen, ohne die Hand ans Ruder zu legen. Ich weiß auch nicht, ob wir Sie loswerden können, denn Tom Burke ist heiß auf ihr Blut und wird es bekommen, wenn er kann.«

»Das wird er«, sagte Ward, »denn er ist nicht der Mann, der aufgibt, was er einmal in die Hand genommen hat.«

»Haben Sie etwas gegessen?«, fragte England in diesem Moment.

»Nichts seit fünf Uhr heute Morgen«, sagte ich.

»Nun«, sagte er, »Sie müssen etwas zu essen bekommen, ob sie Sie nun aufhängen oder nicht.«

Daraufhin holte er aus einem Spind eine große Menge Kekse und eine Karaffe mit eben jenem Portwein, mit dem ich Mr. Longways bewirtet hatte, als er mit der Rose des Paradieses an Bord der *Cassandra* kam. Noch nie hatte ich ein erfrischenderes Essen gekostet als das, was ich damals zu mir nahm, denn ich war fast erschöpft vor Hunger.

Eine Zeit lang sprach niemand, und England ging mit auf dem Rücken verschränkten Händen in der Kabine auf und ab. Während der ganzen Zeit hatte ich mich umgesehen, und plötzlich schien mir das Herz in den Hals zu springen, denn in der Ecke der Kabine, zwischen einem Haufen Abfall, der wie nutzlos hingeworfen schien, sah ich die Kassette.

Meine Gefahr war so groß und mein Verstand so verwirrt gewesen, dass es in meinem Kopf kein Platz für andere Dinge gab und ich die eigentlichen Ziele meines Abenteuers für eine Weile vergessen hatte; aber bei diesem Anblick kam alles mit einem Ruck zurück, und ich wunderte mich zum ersten Mal, dass ich meinen Verräter noch nicht gesehen hatte.

»Wo ist Captain Leach?«, sagte ich zu England.

Er blieb kurz stehen und betrachtete mich mit einem sehr merkwürdigen Ausdruck, den ich zu diesem Zeitpunkt überhaupt nicht verstehen konnte.

»Nun«, sagte er, »er wurde erschossen – aus Versehen – als wir das erste Mal an Bord dieses Schiffes kamen, nachdem Sie es verlassen hatten.«

Ich saß danach sehr lange schweigend da, und mir fiel kein Wort ein, das ich hätte sagen können, denn von allen Dingen, die mein Verstand hätte vorhersagen können, war dies das am weitesten von meinen Vorstellungen entfernt.

So hockte ich da und starrte den Piratenkapitän an, der seinerseits den Blick wieder auf mich richtete und den meinen mit einem Grinsen beantwortete. Ich war mir sicher, dass Captain Leach das Juwel gestohlen hatte, aber war es möglich, dass ich ihn falsch eingeschätzt hatte, indem ich vermutete, dass er uns an die Piraten verraten hatte? Vielleicht hatten sie ihn, als sie ihn lebend auf dem Schiff fanden, von wo er nicht genug Zeit gehabt hatte zu fliehen, sofort ermordet, wie es bei solchen Gelegenheiten ihre Gewohnheit ist?

»Und sagen Sie mir«, sagte ich schließlich, »war es durch Captain Leachs Machenschaften, dass wir in Ihre Hände verraten wurden?«

»Nun«, sagte er, »ich kann Ihnen ganz offen sagen, wenn ich Captain Leach nie begegnet wäre, hätte ich mich nie in diesen Hafen gewagt, angesichts drei bewaffneter Schiffe auf der anderen Seite des Kanals lagen.«

»Dann habe ich mich nicht geirrt«, sagte ich. Aber ich wagte nicht, weiter zu fragen, um den Verdacht des Piratenkapitäns nicht zu erregen. Nach dem Aussehen der Kassette war an ihr anscheinend noch nicht herumhantiert worden, weil diese wohl als vollkommen unbedeutend gehalten wurde. Ich glaubte auch nicht, dass Captain Leach das Vorhandensein des Juwels dem Piraten verraten, sondern das Geheimnis zu seinem eigenen Vorteil aufbewahrt hatte, was in der Tat die wahrscheinlichste Annahme war, die man sich vorstellen konnte.

Wenn es mir nun gelänge, auf irgendeine Weise eine Gelegenheit zu finden, die Kassette zu untersuchen, könnte ich sehr schnell feststellen, ob das Schloss aufgebrochen worden war, was nach meiner Einschätzung darüber entscheiden würde, ob das Juwel noch sicher und unentdeckt war oder nicht.

In diesem Moment ergriff Ward das Wort. »Und wie«, sagte er, »sind Sie in eine solche Klemme geraten, in der ich Sie gefunden habe, Sir?«

Ich erzählte ihm den Hauptgrund meines Besuchs in so wenigen Worten und mit so wenig Umschweife wie möglich, wie ich die Hoffnung hegte, ein Versprechen für die Sicherheit meiner Passagiere und der Schiffsbesatzung zu bekommen und vielleicht sogar ein Transportmittel von hier, mit mehr Annehmlichkeiten und größerer Sicherheit.

Beide Männer hörten mir wortlos zu, und als ich geendet hatte, verzog Ward auf höchst komische Weise den Mund und stieß einen langen Pfiff aus, halb unter seinem Atem, wobei er mich mit einem Auge, das so rund wie eine Untertasse war, ansah.

»Und wollen Sie sagen«, meinte er, »dass Sie, ein kranker Mann, zehn Meilen weit gereist ist, nur um sich einer Bande von blutigen Halsabschneidern wie uns auszuliefern?«

»Aber ja«, sagte ich, »zehn Meilen sind keine so lange Reise, dass man viel Aufhebens darum machen müsste.«

»Vergessen Sie die zehn Meilen!«, sagte er. »Angenommen, man hätte Sie erschossen, als sie herausfanden, wer Sie sind; was dann?«

»Aber sie haben mich nicht erschossen«, sagte ich.

»Aber vielleicht werden sie Sie noch töten«, warf England ein.

»Das liegt weder in ihrer noch in meiner Hand«, sagte ich.

Ward schaute sehr komisch, erst zu England und dann zu mir. »Nun, ich bin sehr überrascht«, sagte er schließlich.

Daraufhin brach Kapitän England in ein lautes Gelächter aus. »Nun«, sagte er, »es wäre doch sehr schade, wenn ein Mann mit einem solchen Geist sein Leben verlieren würde. Was sagst du, Ward?«

»Ich stimme zu«, sagte Ward und schlug mit der Faust auf den Tisch; »und beim Ewigen, er soll bekommen, was er will – trotz Tom Burke und dem Teufel!«

»Komm«, sagte England, »komm, Ward, wir gehen Burke holen und sehen, ob wir ihn nicht bei Laune halten können.«

Mit diesen Worten verließen die beiden Männer die Kabine und schlossen die Tür hinter sich. Sobald sie sich umgedreht hatten, sprang ich zu der Stelle, wo die Kassette lag, schnappte sie mir und begann sie eifrig zu untersuchen. Sie war noch fest verschlossen, der Deckel war nicht aufgebrochen worden, und ich konnte keine Spuren von Gewalt erkennen. Aber ich hatte nur wenig Zeit für eine solche Untersuchung, denn nach einer Weile hörte ich draußen Schritte, woraufhin ich die Kassette wieder an ihren Platz stellte, mich auf meinen Stuhl setzte und mich, soweit es mir möglich war, sammelte.

Bald hörte ich Stimmen an der Tür, und aus ihrem Tonfall konnte ich entnehmen, dass Captain England und der verkrüppelte Koch versuchten, Burke zu überreden, in die Kajüte zu kommen, obwohl er sich mächtig dagegen sträubte.

Eine Weile hielten sie die Tür einen Spalt breit auf, und ich hörte, wie Burke laut fluchte und wetterte und den Himmel anrief, um zu bezeugen, dass er mir das Leben nehmen würde, bevor er mit mir fertig sei.

In der Zwischenzeit waren die anderen damit beschäftigt, mit ihm zu sprechen, ihn zu beruhigen und ihm gut zuzureden, aber alles vergeblich.

Nein, er würde hereinkommen und ein Glas Grog mit ihnen trinken, wenn es ihnen darum ginge, aber er würde mir das Leben nehmen – ja, das würde er, und er ließ sich auch nicht durch sanfte Worte von seinem Vorhaben abbringen.

So kamen sie nach einer Weile alle in die Kajüte und setzten sich an den Tisch, ohne dass Burke auch nur einen Blick in meine Richtung warf.

Captain England holte eine Flasche Jamaika-Rum hervor. Er stellte sie auf das Brett, und jeder der drei Piraten mischte sich ein Glas Grog.

Burke trank drei oder vier Gläser von dem Zeug, ohne dass es seine schlechte Laune auch nur im Geringsten zu lindern schien.

Auch der Krüppel hielt beim Trinken mit ihm Schritt, was mich sehr beunruhigte, denn wenn solche blutigen Schufte, wie sie, vom Schnaps erhitzt sind, ist es völlig gleichgültig, ob sie einen Menschen in ihrem Sport ermorden oder ihn mit Zärtlichkeiten überhäufen.

Ich war jedoch froh, zu sehen, dass Kapitän England nur sparsam trank, weshalb ich große Hoffnungen hegte, dass er kühl genug bleiben würde, um jegliche Gewaltanwendung gegen mich zu verhindern.

Aber ich bezweifle nach alledem doch stark, dass mein Leben irgendwie in Gefahr gewesen wäre, denn nach einer Weile, als Burke sich durch seine Becher erwärmte, wurde sein Unmut gegen mich immer milder.

Zunächst sprach er davon, ohne mich dabei direkt anzusprechen, dass er zwar ein blutiger Seeräuber, ein Mörder und ein Dieb sei, aber er erkenne einen mutigen Mann, wenn er ihn sehe, und er liebe ihn wie seinen Bruder. Dies alles verband er mit vielen Verwünschungen gegen sein eigenes Haupt.

Nach und nach bestand er sogar darauf, mir über den Tisch hinweg die Hand zu schütteln, und schwor, dass er es bis zum letzten Tag seines Lebens bereut hätte, wenn mir durch ihn etwas zugestoßen wäre.

Ich erkannte nun, dass für mich die Zeit zum Handeln gekommen war. Folglich begann ich, sie zunächst durch Andeutungen und dann durch direkte Aufforderungen zu bitten, mir das kleinere ihrer beiden Schiffe zu überlassen, das bei dem letzten Gefecht so schwer beschädigt worden war, dass es noch immer am Strand lag, wo sie es auf Grund hatten lassen und bisher keine Anstrengungen unternommen hatten, es zu retten.

Ich hatte das Schiff bemerkt, als ich den Strand hinunterkam. Obwohl ich feststellte, dass es durch die Breitseiten, mit denen wir es beschossen hatten, stark beschädigt worden war, hatte ich doch die Hoffnung, dass ich es, wenn ich es in meinen Besitz bekäme, so weit flicken könnte, dass ich meine Passagiere und meine Besatzung an einen sichereren Ort als die Insel bringen könnte, vielleicht sogar nach Bombay, wenn das Wetter es zuließ.

Ich hatte gedacht, dass die Piraten etwas dagegen einzuwenden hätten, und ich glaube, dass sogar England selbst über die Kühnheit meiner Bitte erschrocken war, denn er schaute ängstlich zu den anderen, wagte aber nichts zu unternehmen.

Es war wohl so, dass gerade diese Kühnheit diesen rücksichtslosen Geistern gefiel, denn sie gewährten meinen Wunsch ohne ein einziges Wort des Widerspruchs.

Dadurch ermutigt, ging ich noch weiter und bat sie, mir einen Teil der Ladung zurückzugeben, die sie zusammen mit der *Cassandra* erbeutet hatten.

Kapitän England sagte nichts, grinste aber, als ob er sehr amüsiert wäre. Ich hatte auch nicht unrecht mit meiner scheinbar tollkühnen Bitte, denn sie versprachen nicht nur, mir hundertneunundzwanzig Ballen der Waren der Gesellschaft zurückzugeben, sondern gaben mir auch eine schriftliche Vereinbarung, die jeder von ihnen unterzeichnete, allen voran Kapitän England.

Ich darf hier sagen, dass es zwar absurd erscheinen mag, einem bloßen schriftlichen Vertrag, der von so blutigen und gesetzlosen Männern unterzeichnet wurde, irgendeinen Wert beizumessen, aber er war wirklich von großer Bedeutung, denn diese Burschen haben großen Respekt und Achtung vor jeder Urkunde, auf die sie ihre Hand gelegt hatten, weshalb ich wusste, dass die Chancen sehr gut standen, dass sie tun würden, was sie versprachen, nachdem sie es einmal unterschrieben hatten.

Dann wandte ich mich mit klopfendem Herzen, sodass ich kaum sprechen konnte, an Kapitän England. »Und Sie, Sir«, sagte ich, »werden Sie mir einen kleinen Gefallen gewähren?«

»Das hängt davon ab, was es ist«, sagte er.

Ich schaute ihn ein oder zwei Augenblicke lang unverwandt an, während ich mich sammelte; dann sprach ich mit aller Gelassenheit, die ich aufbringen konnte, obwohl ich spürte, dass in diesem schwierigen

Augenblick kaum ein Zittern meinerseits zu unterdrücken war.

»Nun, Sir«, sagte ich, »wenn meine Depeschen verloren sind, kann ich der ehrenwerten Kompanie nur einen dürftigen Bericht erstatten.«

»Also, John Mackra, und wie kann ich Ihnen dabei helfen?«, sagte er sehr kühl.

»Ganz einfach«, sagte ich. »Dort drüben in der Ecke steht meine Depeschen-Kassette, die Ihnen nur wenig nützen kann, für mich aber von großer Bedeutung ist.«

»Und Sie wollen sie haben?«, sagte er.

»In der Tat, ja«, sagte ich, »aber natürlich nur, wenn Sie einverstanden sind.«

Er betrachtete mich eine Weile schweigend, den Kopf auf eine Seite gelegt, und sein Gesicht verzog sich zu einem höchst drolligen, fragenden, listigen Ausdruck, aus dem ich nichts erkennen konnte.

»Und ist das alles, was Sie von mir wollen?«, fragte er.

Ich nickte mit dem Kopf, denn ich traute mich nicht zu sprechen.

Daraufhin brach er plötzlich in ein lautes Lachen aus und schlug mit der Faust auf den Tisch, sodass die

Gläser klirrten. Ich sah ihn an und wusste nicht, was ich von all dem halten sollte, aber seine nächsten Worte waren eine große Erleichterung für mich.

»Nun«, sagte er, »ich dachte, Sie würden mich um etwas bitten, das von Bedeutung ist. Wenn das alles ist, was Sie haben wollen, dann gehört sie Ihnen, und Sie können sie gerne haben.«

Da ich alle drei Piraten so gut gelaunt fand, bat ich sie um etwas von meinen Kleidern, denn die, die ich anhatte, hingen in Fetzen um mich herum, und, wie gesagt, ich war barfuß. Aber das wollten sie nicht tun, und Master Burke fragte mich, ob sie nicht schon genug gemacht hätten, ohne mir auch noch Kleider zu geben, um meinen blutigen Kadaver zu bedecken.

Daraufhin erkannte ich, dass ich alles bekommen hatte, was ich bekommen konnte, und musste daher ohne Kleider gehen.

Die Piraten waren dafür, mich die ganze Nacht an Bord zu behalten, damit sie mich, wie sie zu sagen pflegen und anständig unterhalten konnten. Ich aber, der ich in den Besitz der kostbaren Kassette gelangt war und vor Angst zitterte, dass sie mir durch eine plötzliche Wendung des Schicksals wieder abgenommen werden könnte, wollte mich unbedingt wegschicken lassen. England selbst drängte auf meine Abreise.

Gegen sieben Uhr wurde ich also mit der Kassette an Land gesetzt und war dankbar dafür, dass ich mit so viel Glück aus meinem Abenteuer hervorgegangen war, denn ich spürte, dass ich nicht nur die wertvollste Beute wiedererlangt hatte, sondern dass England auch versprochen hatte, sein Möglichstes zu tun, um die anderen an ihre schriftliche Vereinbarung zu binden.

Er sagte, dass er, wenn es ihm gelänge, in zwei Tagen abreisen, die gewünschten Warenballen an der Küste zurücklassen würde.

XIII.

England selbst wählte eine Mannschaft aus, um mich zum Strand hinüber zu rudern, und ich habe keinen Zweifel daran, dass er die am wenigsten verwerflichen von der ganzen Bande auswählte; denn obwohl sie wenig zu mir sagten, zeigten sie keine Neigung, sich frech zu verhalten oder mir Gewalt anzutun.

Einer von ihnen zog sogar seine Jacke aus und legte sie in die Heckschot, damit ich mich darauf setzen konnte. Und wahrhaftig, trotz ihres verruchten Verhaltens gibt es keinen so großen Unterschied zwischen einigen dieser Burschen und den gewöhnlichen Matrosen in unseren Handelsdiensten, außer dass die armen Kerle durch schlechte Ratschläge in die Irre geführt wurden, bis sie die Gesetze gebrochen und auf hoher See Übertretungen begangen haben und so geächtet und verzweifelt geworden sind.

Außerdem glaube ich, dass es viele von ihnen gibt, die zu besseren Wegen zurückkehren würden, wenn sie die Gelegenheit dazu hätten und sich nicht davor fürchteten, für die bösen Dinge, die sie begangen haben, leiden zu müssen.

Aber zu diesem Zeitpunkt dachte ich wenig oder gar nicht daran, wie sie mich betrachteten, denn mein einziger Wunsch war es, an Land zu kommen, um die kostbare Kassette an einem sicheren Ort zu verstecken. Ich tat das so schnell wie möglich, nachdem ich an Land gegangen war, indem ich die Schatulle im Sand vergrub und die Stelle markierte, damit ich sie wiedererkennen würde.

In einiger Entfernung von der Stelle, an der ich von dem Piratenboot an Land gesetzt worden war, stieß ich auf eine Gruppe meiner eigenen Männer unter der Führung von Mr. White, die von Mr. Langely hinter mir hergeschickt worden waren, sobald er die Mitteilung gelesen hatte, die ich in der Königsstadt zurückgelassen hatte. Sie hatten sich seit einiger Zeit im Dickicht versteckt gehalten, von wo aus sie die Piraten beobachten und dennoch von ihnen unentdeckt bleiben konnten.

Ich muss gestehen, dass ich sehr froh war, solch freundliche Gesichter wiederzusehen, und auch sie schienen nicht weniger erfreut über die Begegnung zu sein als ich. Sie erlaubten mir nicht, zu Fuß zu gehen, sondern machten eine Sänfte aus zwei jungen Bäumchen und trugen mich abwechselnd auf dem Weg, sodass wir gegen Morgen wieder sicher in der Stadt des Königs waren.

Mr. Longways gehörte zu den ersten, die mich besuchten, und er zeigte die lebhaftesten Zeichen der Freude, als er erfuhr, dass ich das Glück gehabt hatte, den großen Rubin wieder zu retten, obwohl er bedauerte, dass ich die Kassette nicht mitgenommen hatte, statt sie im Sand zu vergraben, damit wir uns der Sicherheit des Schatzes hätten versichern können.

In diesem Punkt beruhigte ich ihn, indem ich ihn davon überzeugte, dass die Kassette in einem solchen Zustand und von einem solchen Aussehen war, dass ich sicher sein konnte, dass sie weder aufgebrochen noch das Schloss manipuliert worden war.

Wir blieben nur noch etwa drei Tage in der Königsstadt. Am Ende dieser Zeit kam der Ausguck, den wir am Kap aufgestellt hatten, herein und meldete, dass die Piraten die Segel gehisst hätten und nach Süden davongefahren seien, wobei sie den ramponierten Rumpf des kleinsten Schiffes zurückließen, wie sie es versprochen hatten.

Das hatten viele von ihnen erwartet, aber ich bezweifle, dass außer mir jemand zu hoffen gewagt hatte, dass sie auch den anderen Teil der Vereinbarung erfüllen würden, zu dem sie sich verpflichtet hatten, nämlich die Warenballen zurückzulassen, die sie in ihrem halb betrunkenen Anfall von Großzügigkeit versprochen hatten.

Doch da lagen sie, fein säuberlich am Strand aufgestapelt und sogar mit einer Plane abgedeckt. Ich weiß nicht, ob es nur Aberglaube ist oder nicht, aber ich habe – wie ich es bereits erwähnt hatte – schon oft beobachtet, dass Seeleute, unabhängig von ihrem Geschäft, eine so große Achtung und einen so großen Respekt vor jedem Papier oder schriftlichen Dokument haben, dass sie bis zum Äußersten gehen, bevor sie etwas tun, um die Artikel eines solchen Vertrags zu brechen oder zu missachten. So war ich über diese Erfüllung nicht so überrascht wie Mr. Langely oder Mr. White.

Zu diesem Zeitpunkt hatte ich mich von meinem Fieber und meiner Wunde so weit erholt, dass ich die Leitung der Angelegenheiten wieder übernehmen konnte; dementsprechend hatten wir innerhalb von zwei Wochen den ramponierten Rumpf des Piratenschiffs so weit zusammengeflickt, dass es einigermaßen seetüchtig war, vorausgesetzt, dass wir keinen besonders schlechten Wettereinflüssen ausgesetzt waren.

Wir brauchten etwa noch eine Woche länger, um das Schiff mit Lebensmitteln und Trinkwasser zu versorgen (die Warenballen, die ich von den Piraten erbettelt hatte, waren bereits unter Deck verstaut), sodass wir erst am 18. August, nachdem ich auch die Kassette geborgen hatte, das Land verlassen konnten – was wir auch taten, wobei wir für all die Gnade dankten, die uns in dieser schwierigen und schrecklichen Zeit zuteilgeworden war.

Wir gerieten vor der arabischen Küste in Seenot, wo wir unter dem Wassermangel sehr litten; aber nachdem wir diese und andere Gefahren sicher überstanden hatten, erreichten wir endlich Bombay, wo wir am frühen Nachmittag des 13. Oktober den Anker warfen, etwa zwei Monate nachdem wir die Küste von Anjouan verlassen hatten.

Ich sandte sofort eine Nachricht an den Gouverneur, Mr. Boon, in der ich ihm die sichere Ankunft von Mistress Pamela mitteilte und ihm mitteilte, dass ich nun bereit sei, die Kassette zu einem von ihm zu bestimmenden Zeitpunkt zu übergeben. Außerdem übermittelte ich ihm durch den Boten einen vollständigen Bericht über alle Ereignisse und den Verlust der *Cassandra* bei dem Gefecht am 23. Juli.

Nach etwa anderthalb Stunden kam Mr. Boon an Bord. Er sprach sehr freundlich und schmeichlerisch über den Dienst, den ich, wie er mit Freude feststellte, der Gesellschaft erwiesen hatte.

Er bedrängte mich, ihn ans Ufer zu begleiten, aber obwohl ich sehr geneigt war, seine Freundlichkeit anzunehmen, musste ich zu diesem Zeitpunkt ablehnen, denn ich hatte festgestellt, dass das Schiff der Kompanie, die *City of London*, im Begriff war, auszulaufen. Ich hatte beschlossen, diesem einen kurzen Bericht über die hier erzählten Dinge mitzugeben und war in jenem Moment damit beschäftigt, den Brief zu schreiben, der später sowohl in den Zeitungen als auch in Captain Johnsons Buch über das Leben der neun berühmten Piratenkapitäne so weite Verbreitung fand.

Da ich zu diesem Zeitpunkt das Schiff nicht verlassen konnte, bestand er darauf, dass ich noch in derselben Nacht bei ihnen übernachten sollte. Dem stimmte ich nur zu gern zu, denn ich hatte mir vorgenommen, herauszufinden, wie sehr mich Mistress Pamela schätzte, und zwar ohne Zeitverlust.

Ich hatte nun jedes Recht, ihr meine Avancen zu machen, was ich bisher nicht getan hatte. Nachdem ich Mr. Boon mit aufrichtiger und herzlicher Erleichterung die Kassette übergeben und die Quittung dafür erhalten hatte, begleitete ich Mistress Pamela zum Boot des Gouverneurs und kehrte von dort mit einem seltsamen Gefühl der Einsamkeit und Melancholie in meine Kabine zurück.

Das war gegen halb zwei Uhr nachmittags. Gegen vier Uhr kam ein kleines Boot längsseits, und ein junger Mann von etwa dreiundzwanzig Jahren betrat das Deck, der sich als Mr. Whitcomb, Sekretär des Gouverneurs, vorstellte. Er brachte eine schriftliche Nachricht des Gouverneurs, in der er meine sofortige Anwesenheit in der Residenz in einer Angelegenheit von allergrößter Wichtigkeit forderte.

Ich wandte mich an Mr. Whitcomb und fragte ihn, ob er wisse, welcher Art die Angelegenheit sei, die der Gouverneur mit mir habe.

Er verneinte, sagte aber, dass der Gouverneur und Mr. Elliott, der Vertreter der Kompanie, eine Zeit lang mit Mr. McFarland und Mr. Hansel vom Bankhaus zusammen gesessen und mir danach diese Nachricht durch ihn übergeben hätten, die offensichtlich von großer Bedeutung war.

Ich stieg sofort mit dem Sekretär in das Boot und wurde ans Ufer gerudert, wo ich, als wir in der Residenz angekommen waren, die vier Herren vorfand, die auf mich warteten.

Sie saßen um einen Tisch herum, auf dem sich die Kassette und mein schriftlicher Bericht befanden, der etwa sechs oder acht Blatt Papier umfasste.

Der Gouverneur forderte mich auf, Platz zu nehmen, was ich kaum getan hatte, als einer der Anwesenden, bei dem es sich, wie sich später herausstellte, um Mr. Elliott handelte, begann, mich zu befragen.

Ich antwortete vollständig auf alles, was er fragte, während die anderen zuhörten und hin und wieder ein Wort einwarfen oder um genauere Angaben zu dem einen oder anderen Punkt baten, der vielleicht noch unklar war.

Als ich zu dem Teil kam, der sich auf Captain Leach bezog, sah ich, wie sie sich gegenseitig auf sehr merkwürdige Weise ansahen; aber ich fuhr fort, ohne aufzuhören, bis ich alles über die Angelegenheit vom Anfang bis zum Ende erzählt hatte.

Eine Zeit lang sagte niemand etwas, bis schließlich Mr. Elliott das Wort ergriff:

»Verstehe ich diesen Bericht richtig«, sagte er und berührte die Papiere, die auf dem Tisch lagen, während er sprach, »dass Mr. Longways sowohl Ihnen als auch Captain Leach die Art des Inhalts der Depeschenbox verraten hat?«

»Ja, Sir«, sagte ich.

»Und Sie sind sicher, dass außer Ihnen und ihm niemand von dem Vorhandensein des Juwels wusste?«

»Ja, Sir«, sagte ich wieder.

Daraufhin tauschten die Herren einen Blick aus, und Mr. Elliott setzte seine Befragung fort.

»Und wussten Sie nicht, dass Captain Leach zurückgeblieben war, als Sie die *Cassandra* verließen?«

»Nein, Sir«, sagte ich. »Es war vorgesehen, dass er bei der ersten Fahrt des Langbootes mit dem Bootsmann mitfahren sollte.«

»Aber haben Sie nicht gesagt, dass Sie den Frauen geholfen haben, an Bord des Langbootes zu kommen?«

»Ja, Sir, das habe ich«, sagte ich.

Es gab eine Pause von ein oder zwei Augenblicken, und alle sahen mich an. Dann ergriff Mr. Elliott wieder das Wort.

»Und haben Sie nicht bemerkt, dass Captain Leach nicht im Boot war?«, fragte er.

»Nein, Sir«, sagte ich, »das habe ich nicht; das Boot war sehr voll, und die Luft war so dick mit Schießpulver Rauchschwaden gefüllt, dass ich auf die Entfernung wenig oder nichts sehen konnte.«

»Aber haben Sie denn nicht dafür gesorgt, dass alle Ihre Passagiere sicher an Bord waren?«

»Nein, Sir«, sagte ich. »Es war der Befehl ergangen, dass alle Passagiere an Bord des Langbootes gehen sollten, und ich nahm an, dass Captain Leach zusammen mit den anderen gehorcht hatte. Ich war in diesem Moment so mit der Sicherheit der Frauen beschäftigt, dass ich an nichts anderes dachte.«

»Sie sagen, dass der Pirat England Ihnen erzählt hat, dass Captain Leach getötet wurde, als sie an Bord der *Cassandra* kamen. Haben Sie dafür einen anderen Beweis als sein Wort?«

»Aber nein, Sir«, sagte ich, »das habe ich nicht.«

Mr. Elliott sagte: »Hm!«, und es folgte eine weitere kurze Zeit des Schweigens, in der er abwesend mit den Blättern meines Berichts spielte.

»Aber sagen Sie mir, Captain Mackra«, bemerkte er dann, »haben Sie mit niemandem über Ihren Verdacht bezüglich Captain Leach gesprochen, nachdem er das Schiff in der Nacht des 21. auf so mysteriöse Weise verlassen hatte?«

»Nein, Sir«, sagte ich, »denn ich sah da keine ausreichenden Gründe, ihn irgendwelcher heimtückischen Praktiken zu beschuldigen.«

»Und doch«, sagte ein dünner Herr mittleren Alters mit scharfer Stimme, der sich später als Mr. McFarland herausstellte, »und doch sahen Sie, wie er die *Cassandra* auf höchst verdächtige Weise und unter höchst verdächtigen Umständen verließ, und Sie hatten auch Grund, ihn zu verdächtigen, von dem Juwel zu wissen. Warum haben Sie ihn dann nicht öffentlich verhört oder ihn nach seiner Rückkehr verhaften lassen?«

»Sir«, sagte ich, »ich mochte Captain Leach nicht und fürchtete, dass mich mein Vorurteil in die Irre führen könnte.«

»Aber, Captain Mackra«, sagte der Gouverneur, »ihre persönlichen Gefühle sollten niemals mit Ihrer Pflicht in Konflikt geraten.«

Ich wusste nicht, worauf all diese Dinge hinauslaufen würden, aber ich fing an, mir darüber große Sorgen zu machen.

Ich hatte jedoch wenig Zeit zum Nachdenken, denn Mr. Elliott begann mich erneut zu befragen. Er wollte wissen, ob ich irgendjemandem von meinem geplanten Besuch auf dem Piratenschiff erzählt hätte, wen ich dort gesehen und welche Anreize ich angeboten hätte, um sie zu überreden, mir eines ihrer Schiffe zu geben und eine solche Menge an Waren der Gesellschaft zurückzugeben.

In Bezug auf den letzten Punkt stellte er mir ein so scharfes Kreuzverhör, dass ich mehr als einmal stolperte, denn es ist sehr schwierig, sich an all die kleinen Details zu erinnern, selbst bei einem so wichtigen Ereignis. Ich glaube, dass ich in der Aufregung, in die mich die ernste Lage versetzte, in der sich die Dinge zu befinden schienen, ungenauer antwortete, als ich es sonst getan hätte.

»Sir«, rief ich Mr. Elliott zu, »nehmen Sie es mir übel, dass ich so viel von den Gütern der Gesellschaft zurückbekommen habe, wie ich konnte?«

»Ich werfe Ihnen nichts vor, Captain Mackra«, sagte er. »Ich befrage Sie lediglich zu einer Angelegenheit von großer Bedeutung.«

»Aber, Sir«, sagte ich scharf, »kann man mir vorwerfen, dass ich mein Schiff nach einer hart umkämpften Schlacht verloren habe? Sie sollten sich daran erinnern, Sir, dass ich im Dienst der Kompanie verwundet wurde; ich denke, Sir, das sollte etwas zu meinen Gunsten wiegen.«

»Aber, Captain Mackra«, sagte Mr. McFarland sehr ernst, »können Unfälle nicht jedem anderen unter allerlei Umständen passieren? Captain Leach wurde trotz aller Vorsichtsmaßnahmen, die er getroffen hatte, um sein Leben zu retten, getötet.«

Im Laufe der Untersuchung schien sich eine große Angst auf mich gelegt zu haben, aber bei diesen Worten war es, als würde mir plötzlich ein Licht aufgehen.

Ich erhob mich langsam von meinem Stuhl und stützte mich mit der Hand auf den Tisch. Ein oder zwei Augenblicke lang wurde mir schwindelig, und ich fuhr mir mit der Hand über die Stirn.

»Mir geht es nicht mehr so gut, meine Herren«, sagte ich, »wie vor einiger Zeit, denn ich habe viele Strapazen hinter mir; deshalb bitte ich Sie, mich zu entschuldigen, wenn ich in der Art und Weise oder in der Sache meiner Rede schwach erschienen bin.«

Dann wandte ich mich an den Gouverneur: »Würden Sie mir bitte sagen, was das alles zu bedeuten hat, Sir?«

»Sir«, sagte er mit leiser Stimme, »der Rubin wurde gestohlen. Er war nicht in der Kassette, als Sie sie mir gegeben haben.«

Ich stand eine Weile da und sah sie an; ich weiß, dass ich sehr blass gewesen sein muss, denn Mr. McFarland sprang auf.

»Captain Mackra, Sie sind krank«, sagte er, »wollen Sie sich nicht setzen?«

Ich schüttelte ungeduldig den Kopf, sammelte mich und sagte sehr langsam und etwas unsicher: »Haben Sie den Verdacht, dass ich an dem Verschwinden beteiligt war?«

Einen Augenblick lang antwortete niemand. Dann sagte der Gouverneur: »Nein, Captain Mackra, wir verdächtigen Sie keineswegs; es wäre nur besser, wenn Sie nach England zurückkehren und der Kompanie persönlich Bericht erstatten. In der Zwischenzeit werden Sie keine Anstalten machen, dieses Land zu verlassen, bis ich Mittel und Wege gefunden habe, Ihnen die Überfahrt zu sichern.«

Ich erhob mich langsam von meinem Stuhl und stützte mich mit
der Hand auf dem Tisch ab.

»Soll ich mich als verhaftet betrachten?«, fragte ich.

»Nein, Sir«, sagte der Gouverneur freundlich, »nicht
verhaltet; aber Sie müssen sich zur Verfügung halten,
um sich in London vor den zuständigen Vertretern der
Kompanie verantworten, und zwar zu einem
Zeitpunkt, den diese festlegen.«

XIV.

Sobald ich die Residenz verlassen hatte, ging ich sofort an Bord meines Schiffes. Ich begab mich in meine Kabine, schloss die Tür ab und begann auf und ab zu gehen, um meine Gedanken zu sammeln und sie in eine gewisse Ordnung zu bringen.

Zuerst war ich von einer unbändigen Wut besessen – dass ich, der ich so viel gelitten, der ich gekämpft hatte, bis ich nicht mehr konnte, und der aus freien Stücken sein Leben für die Sache der Gesellschaft riskiert hatte, nun beschuldigt werden sollte, gerade das zu stehlen, was mich so viel Leid und Mühe gekostet hatte.

Allmählich legte sich die Aufregung in mir, und ich konnte den Dingen gefasster ins Auge sehen.

Anstelle von Wut überkam mich nun Angst, denn nach und nach wurde mir klar, welch schreckliche Wolke des Verdachts über mir schwebte. Ich hatte nach bestem Wissen und Gewissen gehandelt, indem ich Captain Leach damals nicht beschuldigte. Ich hatte befürchtet, dass mein Verdacht unbegründet sein könnte und dass er aus meiner Abneigung gegen seine Person resultierte. Jetzt würden alle denken, dass ich mit ihm im Bunde stand, um die Kompanie des großen Rubins zu berauben.

Als Gegenleistung für meine Nachsicht, ihn damals nicht öffentlich anzuklagen, hatte er mich und alle, die an Bord der *Cassandra* waren, verraten, doch nun würde jeder glauben, dass ich ihm dabei, wie auch bei den anderen Dingen, geholfen hatte.

Er war in der Hoffnung zurückgeblieben, sich den Piraten anzuschließen und sich so den Besitz seiner Beute zu sichern. Stattdessen war er an Bord dieses Schiffes elendig zugrunde gegangen, das mit dem Blut derer beschmutzt war, die er verraten hatte.

Aber was mich betrifft, wie könnte ich jemals die schreckliche Anklage widerlegen, ich hätte meinen Verbündeten schuldhaft verlassen und ihn dem Tod preisgegeben, damit ich alles für mich selbst haben konnte.

Selbst die Tatsache, dass ich mein Leben in die Hand nahm und mich so frei unter diesen bösen und blutigen Schuften bewegte, scheint nicht zu meinen Gunsten zu sprechen, sondern auf eine Art Handel mit ihnen hinzudeuten, bei dem ich der Gewinner war; denn wer würde glauben, dass sie freiwillig auf einen so großen Teil dessen verzichtet hätten, was sie uns kurz zuvor um den Preis von so viel Blut entrissen hatten? Selbst die Tatsache, dass ich das Geheimnis des Steins so sorgfältig gehütet habe, könnte zu einem finsteren Verdacht gegen mich verdreht werden.

Was die großen Hoffnungen anbelangte, die ich noch vor Kurzem hatte, wie konnte ich nun meine Augen auf Mistress Pamela richten, oder wie konnte ich, der von solch schrecklichen Anschuldigungen befleckt war, nach irgendetwas Ausschau halten, ohne Aussicht darauf, von all dem entlastet zu werden?

Als ich all diese Dinge so klar erkannte, überkam mich eine düstere Verzweiflung, denn je mehr ich über diese Dinge nachdachte, desto weniger sah ich einen Ausweg aus meinen Verstrickungen.

Ich saß lange bis in die Nacht hinein wach und dachte und dachte, bis mich die Versuchung überkam, mir das Hirn wegzuschießen und mich auf diese plötzliche Weise von allen meinen Sorgen zu befreien.

In dieser Not warf ich mich auf die Knie und betete inbrünstig, und nach einer Weile hatte ich mehr Frieden, wenn auch nicht mit einer klareren Erkenntnis, wie ich meinen Zustand verbessern könnte. So ging ich in meine Koje, wo ich bald darauf fest schlief und alle meine Sorgen vergaß.

Ein oder zwei Tage nach diesen Ereignissen kam einer der Angestellten der Kompanie an Bord, mit einem Befehl von Mr. Elliott, der mich von meinem Kommando ablöste und Mr. Langely an meiner Stelle ernannte. Mr. Langely hätte diese Ernennung abgelehnt, wenn ich ihn nicht gedrängt hätte, sie anzunehmen, da er die Angelegenheiten, für die er zuständig sein würde, besser regeln konnte als jemand anders, der an Bord eines fremden Schiffes kam. So willigte er ein, meinem Rat zu folgen, auch wenn er sich vehement dagegen wehrte.

Etwa zwei Wochen nach unserer Ankunft in Bombay teilte mir der Gouverneur mit, dass das Schiff *Lavinia* der Kompanie im Begriff sei, seinen Ankerplatz zu verlassen, und dass er für mich einen Schlafplatz auf diesem Schiff nach England gesichert habe.

Ich war sehr erfreut, dass der Gouverneur ausgerechnet dieses Schiff der Kompanie ausgewählt hatte, denn ihr Kommandant, Captain Croker, war ein alter und verlässlicher Freund von mir, mit dem es angenehmer sein würde, zusammenzusein, in einer Zeit, in der es mir so schlecht ging, wie damals.

Ich ging sofort an Bord und wurde von Captain Croker sehr freundlich empfangen. Er hatte mir eine sehr bequeme Koje einrichten lassen und alles getan, um mir die Reise so angenehm wie möglich zu machen.

Am Tag, nachdem ich an Bord gekommen war, lichteten wir bei günstigem Wind und guter Strömung den Anker. Nachdem Captain Croker seine Befehle erhalten hatte, segelten wir aus dem Hafen hinaus, und um vier Uhr hatten wir das Land hinter uns gelassen.

Während des ersten Teils dieser Reise, bevor ich es geschafft hatte, die *Lavinia* zu verlassen, wovon ich später berichten werde, war mein Geist ständig und unaufhörlich von meinen Sorgen erfüllt, sodass sie das

Erste waren, woran ich mich am Morgen erinnerte, und das Letzte, was ich vergaß, bevor ich einschlief.

Was mich aber mehr als alles andere verwirrte, war die rätselhafte Art und Weise, in der die Rose des Paradieses aus der eisernen Kassette entwendet worden war, und was aus ihr wurde, nachdem sie aus Mr. Whites Besitz verschwand. Darüber dachte und grübelte ich, bis mein Gehirn müde wurde.

Eines Nachts, als wir uns zu dieser Zeit in einer Flaute vor dem Golf von Arabien befanden, saß ich auf dem Achterdeck und schaute über das Wasser hinaus in den Himmel, der mit unendlich vielen Sternen übersät war.

Mein Geist bewegte sich immer noch auf demselben alten Weg, den er schon so oft zurückgelegt hatte. Ich weiß nicht, ob es an der erfrischenden Stille lag, die um mich herum herrschte, aber mit einem Mal schien es, als ob die Ungewissheit, die meinen Verstand bedrängt hatte, beseitigt wäre, und die ganze Sache stand mit einer wunderbaren Deutlichkeit vor mir. Da wusste ich so klar, als wäre es mir offenbart worden, dass der einzige Mann auf der Welt, der die Rose des Paradieses entweder in seinem Besitz hatte oder wusste, wo sie versteckt war, Captain Edward England war. Ich glaube nicht, dass ich zu dieser Schlussfolgerung durch irgendeinen Gedankengang gekommen bin, sondern eher durch einen plötzlichen Gedankensprung. Aber sobald ich alles richtig erfasst hatte, wunderte ich mich über die Trägheit meines Verstandes, die mich daran gehindert hatte, das vorher wahrzunehmen. Jeder einzelne Umstand, der sich ereignet hatte, wies nur in eine Richtung, und die zeigte zum Ende hin, das ich fast erreicht hatte.

Es war mir jetzt sonnenklar, dass Captain England von Captain Leach, als dieser in der Nacht des 21. Juli an Bord des Piratenschiffs ging, eine Erklärung verlangen würde, warum er die *Cassandra* in die Hände der Piraten verraten hatte.

Und es war ebenso klar, dass Leach die Wahrheit sagen musste, denn es war unwahrscheinlich, dass er einen so scharfen und gerissenen Halunken, wie diesen berühmten Freibeuter, täuschen konnte.

Ich erinnerte mich an den seltsamen Blick, den mir Captain England zugeworfen hatte, als er mir erzählte, dass Captain Leach 'aus Versehen' erschossen worden war, als sie an Bord der *Cassandra* kamen. Jetzt war ich mir, von meinem jetzigen Standpunkt aus betrachtet, sicher, dass England Leach mit seiner eigenen Hand getötet hatte, sodass mit ihm das Geheimnis des Steins zwischen ihnen verschwinden würde.

Ich war auch davon überzeugt, dass er mit großer Sorgfalt und Umsicht das Schloss der Kassette geknackt und den Inhalt entwendet haben musste, den er für sich selbst aufbewahrt hatte, ohne einen seiner Schiffskameraden über den Fund zu informieren.

Ich konnte mir zunächst nicht erklären, wie ich von den Piraten behandelt worden war, und auch nicht, warum man mich nicht sofort erschossen hatte, nachdem ich ihr Deck betreten hatte. Es war offensichtlich, dass dies für Captain England der einfachste und schnellste Weg gewesen wäre, mich loszuwerden. Mir wurde bewusst, dass er wünschte, dass mein Leben gerettet würde und sogar geneigt war, mir auf seine Art und Weise seine Güte zu zeigen.

Ich glaube wahrhaftig, dass dieser böse und blutrünstige Mann eine aufrichtige Achtung für meine Person hegte und es im Sinn hatte, mir etwas Gutes zu tun; denn selbst die allerschlimmsten Menschen haben einen Keim der Güte in sich, sonst könnten sie nicht zu unserer menschlichen Bruderschaft gehören, sondern wären wilde Tiere, die nur daran denken, einander zu zerfleischen und zu zerreißen.

Aber ich konnte leicht erkennen, dass England, sobald er sich sicher war, dass ich an Bord seines Schiffes käme, bestrebt sein würde, mich glauben zu machen, dass er nichts von dem Stein wüsste, damit ich nicht durch ein versehentliches Wort den anderen verriete, dass ich davon wusste, und er seine Beute mit ihnen teilen müsste.

Deshalb verschloss er das Kästchen wieder sorgfältig und warf es in die Ecke, um mich glauben zu machen, er wisse nichts von seinem Inhalt.

Diesen Gedankengang verfolgte ich im Geiste, und als ich mich an den fragenden, listigen Blick erinnerte, den mir der Schurke zugeworfen hatte, als ich nach der Kassette gefragt hatte, fühlte ich mich sicher, dass ich recht hatte.

Ich erinnere mich, dass ich, als ich mir all dies klar vor Augen geführt hatte, das Gefühl hatte, einen Schritt auf die Wiedererlangung des Steins zuzugehen, und einen Augenblick lang schien es, als sei ein großer Teil der Last der Niedergeschlagenheit von meiner Brust genommen worden.

Aber im nächsten Augenblick fiel sie wieder auf mich zurück, als mir bewusst wurde, dass ich so weit wie nie zuvor davon entfernt war, das Juwel wiederzuerlangen; denn ich wusste nicht, wo sich die Piraten damals befanden, und selbst wenn ich es gewusst hätte und kühn genug gewesen wäre, ihrem Kapitän ein zweites Mal gegenüberzutreten, wäre es unwahrscheinlich, dass er so gefällig sein würde, einen solch großen Schatz einfach so herauszugeben.

Ich halte es auch nicht für wahrscheinlich, dass ich aus diesem Wissen, das mir zugeflogen war, jemals etwas gewonnen worden wäre (es sei denn, ich hätte es benutzt, um mir bei der Ostindien-Kompanie zu helfen), wenn nicht die Vorsehung es für angebracht gehalten hätte, mir auf höchst seltsame und unerwartete Weise Hilfe zu schicken. Und so geschah es:

Als ich eines Morgens an Deck kam, sah ich einige der Passagiere zusammen mit dem Kapitän und dem Ersten Offizier an der Leeseite des Schiffes stehen und nach vorne schauen; Captain Croker hatte dabei ein Fernglas am Auge. Auf meine Nachfrage hin sagten sie mir, dass der Ausguck kurz zuvor ein kleines offenes Boot gesichtet hatte, das dem Schiff mit einem Hemd, das an einem Ruderblatt befestigt war, ein Zeichen gab. Wir liefen auf das Boot zu, das wir in zwanzig oder dreißig Minuten erreichten, und legten an, woraufhin es längsseits kam.

In dem Boot befanden sich drei Männer, die für Schiffbrüchige in einem offenen Boot in einem sehr guten Zustand zu sein schienen. Ich stand da und schaute zusammen mit anderen Passagieren in das Boot hinunter und beobachtete die Männer, wie sie ihre Ruder einholten und sie an die Ruderdollen legten.

In diesem Moment hob einer der Männer sein Gesicht und blickte nach oben; und als ich ihn sah, konnte ich mir einen plötzlichen Ausruf des Erstaunens nicht verkneifen. Ich erinnere mich, dass einer meiner Mitreisenden, ein Mr. Wilson, der neben mir stand, mich fragte, was los sei. Ich entschuldigte mich auf irgendeine Weise, aber in Wahrheit erkannte ich den Kerl als jenen Piraten, der mich zuerst in die Lenden getreten hatte, als ich gefesselt auf dem Deck der *Cassandra* lag, und den Captain England mit dem eisernen Belegnagel niedergestreckt hatte.

Der Bursche erkannte mich jedoch nicht wieder, denn ich sah jetzt ganz anders aus als damals, als er mich auf dem Piratendeck liegen sah, geplagt von meiner Krankheit, barfuß und halb nackt, und meine Wangen und mein Kinn mit dem Bartwuchs einer ganzen Woche bedeckt waren.

Die drei Burschen kamen bald darauf an Bord und wurden nach hinten auf das Achterdeck gebracht, wo Captain Croker stand, direkt an der Reling des darüber liegenden Decks.

Sie erzählten eine sehr einfache Geschichte, und ich konnte nicht umhin, ihre Gelassenheit und die geschickte Art und Weise, in der sie sie vortrugen, zu bewundern. Sie erzählten uns, dass sie zur Besatzung der Brigantine *Ormond* gehörten, die etwa hundertzwanzig Meilen nördlich der Insel Madagaskar in einem Sturm untergegangen war.

Der Kapitän und sechs Mitglieder der Besatzung hätten das Langboot genommen und seien zwei Nächte zuvor in der Dunkelheit von ihnen getrennt worden.

Sie beantworteten alle Fragen von Captain Croker sehr direkt und mit dem Anschein der Wahrheit. Nachdem er damit zufrieden war, teilte er ihnen mit, dass sie unter Deck gehen könnten, um etwas zu essen zu bekommen, und dass er sie als Teil der Schiffsbesatzung nach England mitnehmen würde.

Die drei Männer wurden nach achtern auf das Achterdeck gebracht, wo Captain Croker stand, direkt an der Reling des darüber liegenden Decks.

Zuerst war ich geneigt, Captain Croker die Wahrheit über sie zu erzählen, aber dann beschloss ich, zu sehen, was die Burschen selbst zu sagen hatten.

Ich hatte nur einen von ihnen erkannt, und letzten Endes konnte ihre Geschichte wahr sein. Vielleicht hatte er dieses verruchte Gewerbe, in den vier oder fünf Monaten, seit ich ihn zuletzt gesehen hatte, aufgegeben.

Ungefähr eine Stunde später sah ich meinen Freund, den Piraten, damit beschäftigt, ein Seil aufzurollen. Ich kam zu ihm und beobachtete ihn eine Weile, aber er machte unentwegt weiter mit dem, was er tat, und sagte nichts zu mir.

»Nun, Sir«, sagte ich nach einer Weile, »und wie erging es Captain England, als Sie ihn zuletzt gesehen haben?«

Der Mann fuhr so plötzlich hoch, als hätte sich das Seil in seinen Händen in eine Kreuzotter verwandelt. Er schaute sich um, als ob er sehen wollte, ob jemand in der Nähe war und gehört hatte, was ich zu ihm sagte, und erholte sich dann erstaunlich schnell wieder. Er grinste einfältig und tippte sich mit dem Daumen auf die Stirnlocke. »Was haben Sie gesagt, Sir?«, sagte er. »Ich habe Sie nicht ganz verstanden.«

»Kommen Sie, kommen Sie«, sagte ich, »das gehört sich nicht unter alten Freunden. Erinnern Sie sich denn nicht an mich?«

Er sah mich eine Weile sehr verwirrt an. »Nein, Sir; ich bitte um Verzeihung, Sir«, sagte er, »ich erinnere mich nicht an Sie.«

»Was!«, sagte ich, »haben Sie Captain Mackra vergessen und wie Sie ihm einen Tritt in die Seite gegeben haben, als er auf dem Deck der *Cassandra* vor Anjouan lag?«

Als der Bursche mich ansah, sah ich, wie sich sein Gesicht erst rot, dann gelb und danach blau färbte; seine Kinnlade fiel herunter, und seine Augen zuckten, als ob ein Totengeist vor ihm auf dem Deck aufgestiegen wäre.

»So«, sagte ich, »ich sehe, Sie erinnern sich jetzt an mich.«

»Um Gottes willen, Sir«, sagte er, »ruinieren Sie nicht einen armen Teufel, der mit der Welt ins Reine kommen will. Ich war betrunken, als ich Sie getreten habe, Sir – Gott weiß, dass ich es war. Sie würden mich doch nicht dafür hängen, Sir, oder?«

»Das hängt davon ab«, sagte ich streng, »ob Sie meine Fragen beantworten, ohne mich zu belügen, wie Sie es gerade bei Captain Croker getan haben.«

»Ich wünschte, ich würde sterben, Sir«, sagte er, »wenn das, was ich Ihnen erzähle, nicht wahr ist. Wir alle drei verließen gestern Abend die *Royal James* – sie war einmal die *Cassandra*, Sir, aber wir tauften sie auf einen neuen Namen und hissten den Schwarzen Roger über ihr.«

»Wir haben Angst bekommen, Sir, weil die Dinge so gelaufen sind, seit Ned England uns verlassen hat und Tom Burke Kapitän geworden ist, denn er ist nicht der Mann, der England war, und das ist die Wahrheit.«

»Alles, worum wir jetzt bitten, Sir, ist, wieder anständig anzufangen; und wenn wir dafür nicht gehängt werden, wünsche ich mir, dass man mich totschlägt, Sir, wenn ich wieder in das blutige Geschäft einsteige.«

»Alles, was ich will, ist also ein faires Verfahren, und ich bitte Sie, Sir, dass Sie nicht die Dinge sagen, für die wir alle blitzschnell an den Raharmen aufgehängt werden würden.«

Ich befürchte sehr, dass ich den letzten Teil der Geschichte des Burschen nicht gehört habe, denn ein Teil der Worte, die er hat fallen lassen, durchfuhren mich wie ein Schuss.

»Wie ist das?«, rief ich. »War Captain England nicht bei Ihnen, als Sie das Schiff verließen?«

»Aber nein, Sir«, sagte er. »Sehen Sie, Sir, als wir von Anjouan weg segelten, begann Tom Burke, Himmel und Erde gegen England zu bewegen, und er hatte die schlimmsten Leute der Mannschaft an Bord hinter sich.«

»Als Erstes fing er an, die Dinge beim Schopfe zu packen, weil England und Ward dazu gebracht wurden, Ihnen – ich bitte um Verzeihung, Sir – ein gutes, solides Schiff und all die Ballen Stoff zu geben.«

»Ich sage Ihnen ganz offen, Sir, Burke hätte sie Ihnen nie überlassen, wenn er die Sache nicht gegen England hätte verwenden wollen.«

»Nun, Sir, eines Nachts fiel Ward über Bord – niemand wusste, wie – und das war sein Ende.«

»Danach hat es nicht lange gedauert, bis sie England losgeworden sind, das kann ich Ihnen sagen.«

»Ja, ja«, rief ich ungeduldig, »aber wie seid ihr ihn losgeworden?«

»Nun, Sir«, sagte er, »sie haben ihn auf einer kleinen Insel vor Mauritius ausgesetzt, und sechs andere mit ihm. Das waren – «

»Die können mir gestohlen bleiben«, rief ich, »aber sagen Sie mir, wissen Sie, was aus ihm geworden ist?«

»Ja, Sir«, sagte er, »zumindest haben wir von ihm nur durch Hörensagen gehört, und das war so:«

»Vor etwa acht Wochen liefen wir in eine Bucht an der Südküste von Mauritius, um beide Schiffe zu reinigen, die mächtig verdreckt waren.«

»Während wir dort auf der Planke lagen, brachten ein Teil der Besatzung, der auf der Jagd nach Wild war, einen von den gleichen Burschen zurück, die wir zwei Monate und mehr zuvor ausgesetzt hatten.«

»Er erzählte uns, dass England und seine Schiffskameraden ein kleines Boot aus Brettern und Fassdauben gebaut hatten und in einer Schönwetterperiode nach Mauritius hinübergefahren waren, obwohl sie fünf Meilen und mehr entfernt war.«

Ich hörte all dem mit größter Aufmerksamkeit zu.

»Und ist das alles, was Sie von ihm wissen?«, fragte ich. »Und können Sie nicht sagen, ob er noch auf der Insel ist?«

Der Mann sah mich einen Moment lang aus den Augenwinkeln an, ohne zu sprechen.

»Hören Sie, Sir«, sagte er nach einer Weile, »was ich wissen will, ist Folgendes: Wollen Sie Ned England schaden oder nicht?«

»Und macht Ihr euch deswegen Sorgen?«, sagte ich. »Sicherlich ist er nicht euer Freund, denn habe ich nicht selbst gesehen, wie er Ihnen mit einem eisernen Belegnagel ein paar Zähne ausgeschlagen hat?«

»Ja, das haben Sie richtig gesehen«, sagte er, »aber ich nehme ihm das nicht übel.«

»Nun«, sagte ich, »dann hege ich auch keinen Groll gegen ihn, und ich gebe Ihnen mein Ehrenwort, dass ich ihm nichts Böses will.«

Der Mann sah mich eine Weile ernst an. »Sie wollen also wissen, wo Ned England ist, nicht wahr, Sir?«, sagte er.

Ich nickte mit dem Kopf.

»Und ich möchte davor bewahrt werden, gehängt zu werden, nicht wahr?«, fuhr er fort.

Ich nickte wieder mit dem Kopf.

»Dann hören Sie, Sir«, sagte er, »wir machen einen kleinen Handel: Wenn Sie versprechen, nichts zu sagen, was mir und meinen Kameraden schaden könnte, werde ich Ihnen sagen, wo Ned England zu finden ist.«

Ich dachte eine Weile über die Angelegenheit nach. Der Bursche hatte mir eine ehrliche Geschichte erzählt, und ich zweifelte auch nicht daran, dass er die Absicht hatte, sich von seinen bösen Machenschaften zu lösen. Ich kann mit Fug und Recht behaupten, dass ich die drei armen Schlucker unter keinen Umständen verraten hätte.

»Nun gut«, sagte ich, »ich verspreche, meinen Teil der Abmachung einzuhalten.«

»Bei Ihrer Ehre?«, fragte er.

»Bei meiner Ehre«, sagte ich.

»Dann, Sir«, sagte er, »werden Sie ihn in Port Louis auf Mauritius finden«, und er machte auf dem Absatz kehrt und ging davon.

XV.

Das Wissen, das ich durch den Deserteur von den Piraten erlangt hatte, erfüllte mich mit größter Freude. Ich hatte nicht nur den Aufenthaltsort des einzigen Mannes in der ganzen Welt entdeckt, von dem ich überzeugt war, dass er wusste, wo sich die Rose des Paradieses befindet, sondern auch deshalb, weil dieser Mann auch keine Mannschaft von bösen und blutigen Schuften mehr hinter sich hatte, und – wie auch ich – auf sich allein gestellt war.

Darum beschloss ich, den Schatz auf die eine oder andere Weise zurückzuerobern oder bei dem Versuch umzukommen, denn ich wollte lieber sterben als ein Leben in Schande zu führen, wie es jetzt vor mir zu liegen schien.

Mir war jedoch klar, dass ich, wenn ich den Schatz wiedererlangen wollte, auf irgendeine Weise vom Schiff fliehen musste, während wir uns auf der Überfahrt und in der Nähe der Insel Mauritiu befanden. Wenn ich Zeit verlor, indem ich erst nach Hause fahren und mich der Untersuchung stellen würde, konnten viele Dinge geschehen, die mir die Chance für immer nehmen würden. England könnte Mauritius verlassen oder auf eigene Rechnung eine andere Mannschaft von Piraten zusammenstellen, denn mit einem Schatz wie der Rose des Paradieses hatte er es eindeutig in der Hand, dies und vieles mehr, zu tun.

Damals waren unsere englischen Schiffe daran gewöhnt, ihren Kurs den Kanal von Mosambik hinauf und hinunter zu wählen und nicht entlang der Ostküste von Madagaskar; denn Mauritius und andere Inseln, die nordöstlich von diesem Land liegen, gehören den Franzosen oder Holländern, so wie die im Kanal uns gehören.

Es war deshalb für meine Zwecke notwendig, Captain Croker zu überreden, seinen Kurs zu ändern und außerhalb der Insel hinunterzufahren, statt durch den Kanal.

Es war klar, dass ich, selbst wenn es mir gelingen sollte, von der *Lavinia* nach Anjouan oder zu einer der benachbarten Inseln zu entkommen, so weit wie nie zuvor von Mauritius entfernt sein würde, das viele Seemeilen entfernt am nördlichen Ende von Madagaskar liegt.

Ich beschloss also, reinen Tisch zu machen und Captain Croker den ganzen Plan von Anfang bis Ende anzuvertrauen, nur würde ich nichts darüber sagen, wie ich zu meinem Wissen über Englands Aufenthaltsort gekommen war, denn ich wollte das Versprechen nicht brechen, das ich dem Deserteur gegeben hatte, wie ich es vorstehend erzählt habe.

Da ich keine Zeit verlieren wollte, um meine Pläne zu verwirklichen, bat ich darum, noch am selben Abend mit Captain Croker sprechen zu dürfen.

Ich erzählte ihm alles über die Angelegenheit von Anfang bis Ende, fügte nichts hinzu und ließ nichts aus. Obwohl er ein so alter und bewährter Freund war, war er zutiefst erstaunt über meine Kühnheit, ihm vorzuschlagen, den Kurs seines Schiffes zu ändern, und über meinen Wagemut, ihm meine Pläne mitzuteilen, wie ich den Zwängen, denen ich unterworfen war, entkommen wollte.

Er befragte mich eingehend über viele Dinge: wie ich zu der Annahme gekommen sei, dass England der gegenwärtige Besitzer des Juwels sei, wie ich nach meiner Flucht an Land vorgehen wolle, und wie ich von dem Aufenthaltsort des Piraten erfahren habe, wobei ich ihm hinsichtlich Letzterem keine befriedigende Auskunft geben konnte.

Ich wusste nicht, was er vorhatte und worauf all diese Fragen hinausliefen, und verließ zögerlich die Hütte, allerdings in trauriger Ungewissheit, da ich weder wusste, wie Captain Croker eingestellt war, noch was er mir gegenüber empfand.

Diese Ungewissheit hielt noch mehrere Tage an, in denen ich nicht wusste, was ich denken sollte, sondern auf ein Zeichen von ihm wartete. Eines Abends jedoch klärte sich die ganze Angelegenheit auf höchst einfache, natürliche und unerwartete Weise.

Zu diesem Zeitpunkt befanden wir uns etwa siebzig oder achtzig Seemeilen nördlich der Insel Madagaskar.

Als alle Passagiere beim Abendessen saßen und Captain Croker am Kopfende des Tisches saß, kam das Gespräch auf die Piraten, die diese Gewässer in letzter Zeit stark bevölkert hatten.

»Nun«, sagte Captain Croker, »die Anwesenheit dieser Schurken hat mich so beeinflusst, dass ich mich entschlossen habe, den Kurs meines Schiffes zu ändern und vor Madagaskar zu fahren, anstatt durch den Mosambik-Kanal. Es ist gut, auf See möglichst viel Raum um sich herum zu haben, um entweder zu kämpfen oder vor diesen bösen Schurken zu fliehen.«

»Wenn der Wind gut bleibt und weil ich weiß, dass wir in diesen friedlichen Tagen mit den Franzosen befreundet sind, werde ich auf Mauritius ein Halt einlegen, um frischen Proviant an Bord zu nehmen.«

Captain Croker sah mich nicht an, während er all dies sagte, sondern schaute eifrig auf den Teller vor ihm und erhob sich dann und verließ den Tisch.

Ich saß da, mit klopfendem Herzen in meiner Brust, als würde es zerspringen, denn ich sah, dass mein Schicksal endlich entschieden war und dass eines der größten Ereignisse meines Lebens bald über mich hereinbrechen würde.

Nach zwei Tagen gingen wir, wie von Captain Croker vorhergesagt, gegen drei Uhr nachmittags im Hafen von Port Louis vor Anker.

Ich aß an diesem Abend nur wenig, so sehr war ich mit meinen Gedanken bei dem beschäftigt, was ich mir vorgenommen hatte.

Wir lagen etwa eine halbe Meile vom Ufer entfernt, und das Wasser in der Bucht war sehr ruhig und still. Ich hatte vier große Flaschenkürbisse besorgt, aus denen ich mir einen brauchbaren Schwimmkörper oder eine Rettungsweste zusammengebaut hatte, denn ich brauchte ein solches Hilfsmittel für meine Expedition, da ich kein besonders guter Schwimmer war.

Während der ganzen Zeit hatte ich Captain Croker nichts gesagt, und er mir auch nicht; aber gegen sieben Uhr, als es schon ziemlich dunkel war, kam er zu mir, als ich an der Reling des Achterdecks stand.

»Jack«, sagte er mit leiser Stimme, »sind Sie immer noch der Meinung, die Sache durchzuziehen?«

»Ja, das bin ich«, sagte ich.

»Heute Nacht?«, sagte er.

»Heute Nacht«, sagte ich.

»Gott segne Sie«, sagte er und drückte mir kräftig die Hand. Dann machte er auf dem Absatz kehrt und ging unter Deck, und ich wusste, dass meine Zeit zum Handeln gekommen war.

Ich hatte keine große Angst vor Haien, denn ich hatte genug von diesen feigen Kreaturen gesehen, um zu wissen, dass sie selten oder nie einen Schwimmer oder einen sich bewegenden Menschen angreifen, sondern nur einen Körper, der wie tot auf dem Wasser treibt; außerdem schlafen sie in der Nacht oder sind in tiefem Wasser, denn man sieht sie nicht oft nahe an der Oberfläche, wenn es schon dunkel ist.

Nachdem der Kapitän mich verlassen hatte, schaute ich mich um und sah, dass niemand sonst in der Nähe des Decks war.

Ich nahm meine Kürbisse und stieg in das Boot, das achtern an den Davits hing. Auf Anraten von Kapitän Leach hatte ich mir eine Leine gesichert, mit der ich mich ins Wasser herablassen konnte, denn wenn ich mit einem Platschen ins Wasser gefallen wäre, hätte man mich ziemlich sicher entdeckt.

Nachdem ich meine Schuhe und Strümpfe ausgezogen und alles in ein Stück Plane eingewickelt hatte, zusammen mit meiner Zunderbüchse und Feuerstein und Stahlkugeln, legte ich mir das Bündel auf den Kopf. Ich klemmte die Schnüre, mit denen die Kürbisse zusammengebunden waren, unter meine Arme und ließ ich mich an der Leine achtern ins Wasser gleiten.

So gab ich mein Leben in die Obhut der Vorsehung, machte ich mich kühn auf den Weg zum Ufer, wobei mir eine Strömung half, die darauf hintrieb, und ich richtete meinen Kurs nach den Lichtern, die in der Ferne schwach schimmerten.

Ich erreichte den Strand und machte ein Feuer, an dem ich meine Kleider trocknete. Dann zog ich meine Schuhe und Strümpfe an, die durch die Plane ziemlich trocken gehalten wurden, und ging den Strand hinauf in Richtung der verstreuten Häuserreihe, die sich, da der Mond nun aufgegangen war, in einer Entfernung von etwa einer Viertelmeile deutlich abzeichnete.

Ich sah, dass die Stadt aus einer großen Ansammlung niedriger einstöckiger Gebäude bestand, die zumeist aus geflochtenen Palmzweigen errichtet und mit Schlamm verschmiert worden waren, der in der Sonne getrocknet war.

Zu dieser Zeit konnte es nicht viel weniger als neun Uhr sein, und alles war dunkel und still.

Ich ging ziellos hin und her, ohne zu wissen, wohin ich meine Schritte lenken sollte, bis ich schließlich einen kleinen Lichtschimmer erblickte, der durch einen Spalt eines schlecht hängenden Fensterladens zu kommen schien.

Ich ging zur Vorderseite der Hütte, die größer und besser gebaut schien als andere, die ich gesehen hatte.

Über der Tür hing ein schlecht gemachtes Schild, und als der Mond voll darauf schien, konnte ich deutlich ein grobes Bild eines Herzens mit einer Krone darüber erkennen, und darunter stand in großen, ausladenden Buchstaben geschrieben:

'Le Cœur du Roy' [das Herz des Königs].

Daran erkannte ich, dass es sich um ein einfaches Lokal handelte, worüber ich mich sehr freute. Es kam mir auch sehr gelegen, als ich herausfand, dass es ein französisches Lokal war, denn ich hatte gerade keine Lust, mich mit Engländern einzulassen, und ich kannte genug Französisch, um mit der Sprache gut zurechtzukommen.

Ich betrat also das Lokal und bestellte ein Glas Grog und etwas zu essen.

Um einen schmutzigen Tisch herum hatten sich vielleicht zehn raue, schlecht aussehende Kerle versammelt, die im Schein der Flamme, die von einem kleinen Stück eines Stricks kam, der in einem mit Fett gefüllten Kürbis steckte, Karten spielten.

Als ich hereinkam, legten sie ihre Karten weg und starrten mich abweisend an. Ich beachtete sie jedoch nicht, sondern setzte mich in einiger Entfernung an einen Tisch, und nach und nach brachte mir der Wirt, ein kleiner dickbäuchiger, rotgesichtiger Franzose, ein Glas heißen Rum und einen Teller mit fettigem, mit Knoblauch gewürztem Eintopf.

Er hätte sich gerne mit mir unterhalten, aber ich gab ihm bald zu verstehen, dass ich gerade keine Lust auf ein Gespräch hatte, und so zog er sich, nachdem er eine Unterkunft für die Nacht ausgehandelt hatte, auf eine Bank in der hinteren Ecke des Raumes zurück, wo ich ihn bald darauf einschlafen sah.

Hatte ich gehofft, der Begegnung mit meinen eigenen Landsleuten zu entgehen, so musste ich bald feststellen, dass ich bitter enttäuscht werden sollte, denn noch bevor ich eine Viertelstunde in dem Lokal war, stellte ich fest, dass mindestens die Hälfte der Burschen um die Tische herum Engländer waren. Es waren die schurkischsten, bösartigsten Männer, die ich seit Langem gesehen hatte, und ich konnte nicht umhin, mich unbehaglich zu fühlen, denn ich hatte Gold- und Silbergeld im Wert von zehn bis elf Guineen bei mir, und aus ihrem Gemurmel und ihren Blicken in meine Richtung wusste ich, dass sie über mich sprachen.

Plötzlich erhob sich einer von ihnen vom Tisch und kam zu mir herüber, wo ich saß.

»Sag mal, mein Freund«, sprach er und setzte sich neben mich an die Ecke des Tisches, bist du Engländer, Franzose, Holländer, Portugiese oder was?

Zuerst wollte ich leugnen, ein Engländer zu sein, aber bei näherem Nachdenken merkte ich, dass es sinnlos wäre, das zu tun, denn an diesem Ort gab es den

175

Abschaum so vieler Völker, dass ich nicht hoffen konnte, der Entlarvung zu entgehen.

»Nun, Schiffskamerad«, sagte ich, »ich bin Engländer.«

»Woher kommst du?«, fragte er.

»Von da drüben«, sagte ich und zeigte in Richtung der *Lavinia*.

»Warst du an Bord des Schiffes, das heute in den Hafen eingelaufen ist?«

Ich nickte mit dem Kopf.

»Bist du ohne Erlaubnis an Land gegangen?«

Ich nickte wieder mit dem Kopf.

Die anderen hatten inzwischen alle ihre Karten weggelegt und sahen uns an. Ich wusste nicht, wie die Sache ausgegangen wäre, wenn nicht gerade in diesem Moment die Tür aufgerissen worden und ein großer, rauer Kerl hereingestolpert wäre.

»Nun«, brüllte er mit lauter, heiserer Stimme, »der arme Ned ist heute Nacht mit schnellen Schritten auf dem Weg in die Hölle. Ich bin gerade an seinem Rattenloch vorbeigekommen.«

»Pah!« – hier spuckte der Kerl auf den Boden – »er hat gekreischt und geheult und geschrien, als ob der Teu ... ihn schon ergriffen hätte.«

»Wer ist jetzt bei ihm?«, fragte einer am Nachbartisch.

»Wer ist bei ihm?«, fragt der andere in einem sehr verächtlichen Ton. »Glaubt ihr denn, dass irgendjemand so dumm ist, bei ihm zu bleiben, wo es doch nichts anderes zu holen gibt als die schwarze Zunge und einen Fluch?«

»Aber ich sage euch Folgendes«, bemerkte ein schlecht aussehender, einäugiger Kerl: »Er ist nicht der Mann, der sein Gewerbe jahrelang betreibt und dann nichts vorweisen kann. Es ist schön und gut zu sagen, dass ihm Jack Mackra die Fassreifen von seinem Glück weggeschossen hat; aber merke dir meine Worte, er hat irgendwo ein Verbindungsseil draußen nach Luv, und er wird nicht mit einem leeren Laderaum auf die Leeseite an Land laufen.«

Ich war so erstaunt, meinen eigenen Namen zu vernehmen, dass ich zuerst nicht wusste, ob ich glauben sollte, was meine Ohren vernommen oder ob sie richtig gehört hatten.

Dann erschien es mir, als ob ein plötzliches Licht der Erhellung über mich hereinbrach. Ich brauchte nicht die nächste Rede, um mir alles zu erklären.

»Nun«, sagte einer der Burschen, »selbst wenn Ned England noch vor morgen um diese Zeit Schwefel riechen wird, sehe ich keinen Grund, unser Spiel zu unterbrechen. Komm her, Blake«, rief er dem Burschen zu, der mit mir gesprochen hatte und der sich auf Aufforderung hin wieder zu den anderen gesellte.

Das alles brachte mich in große Aufregung, denn ich erkannte sehr deutlich, dass England schwer krank war und vielleicht im Sterben lag. Er litt an jenem gefährlichen Fieber, das als 'schwarze Zunge' bekannt ist und von dem sich nur selten ein Mensch wieder erholt.

Ich beobachtete, dass der Kerl, der vor Kurzem in die Runde gekommen war, nicht mit den anderen mitspielte, sondern weiter vor sich hin schaute. Nach und nach gelang es mir, seinen Blick zu erhaschen, als er in meine Richtung sah, woraufhin ich ihm zuwinkte, und er kam zum Tisch, an dem ich saß.

Wir wechselten nur wenige Worte miteinander, und das in einem sehr leisen Ton.

»Ist Ned England ganz allein?«, fragte ich.

»Ja«, sagte er.

»Zeigen Sie mir, wo er ist?«, fragte ich.

Er warf mir einen raschen Blick unter seinen Brauen zu. »Wie viel willst du geben?«

»Eine Guinee«, sagte ich.

»Ich werde es tun«, antwortete er.

»Wann?«

»Morgen früh.«

Das war alles, was passierte, und dann entfernte er sich und setzte sich zu den anderen an den Tisch.

Am nächsten Morgen kaufte ich vom Wirt eine gute, große Pistole, denn ich sah ein, dass ich bei solchen Gefährten, mit denen ich zusammentreffen würde, eine Waffe brauchte, um mich zu schützen. Ich lud die Pistole, steckte sie in meinen Gürtel und trat zur Tür hinaus, wo ich meinen Bekannten vom Vorabend fand, der auf mich wartete.

»Sind Sie bereit?«, fragte ich.

»Ja«, sagte er, »das bin ich; aber ich muss die Farbe Ihres Geldes sehen, bevor ich einen einzigen Schritt gehe.«

»Es ist gelb«, sagte ich und hielt die Guinee in der Handfläche hin.

Als er die Münze sah, leuchteten seine Augen wie glühende Kohlen und seine Finger begannen zu zucken. »Her damit«, sagte er, »und ich werde sie direkt hinführen.«

»Nein, nein«, sagte ich. »Passen Sie auf, Schiffskamerad. Sie bekommen ihr Geld, wenn ich Captain Edward England sehe, und nicht vorher.«

»Nun gut«, sagte er. »Richten Sie Ihren Kurs geradeaus, und ich werde Ihnen folgen und sagen, wo es langgeht.«

Ich schaute dem Mann kühl ins Gesicht und musste grinsen.

»Nun«, sagte ich, »um die Wahrheit zu sagen, Schiffskamerad' (hier zog ich meine Pistole aus dem Gürtel und spannte sie), ich habe keinen Appetit auf ein Messer zwischen den Rippen; also marschieren Sie einfach voraus, und wenn Sie irgendeinen Ihrer Tricks versuchen, jage ich Ihnen ein paar Kugeln durch den Kopf, so sicher, wie Sie am Leben sind.«

Der Kerl sah mich eine Weile verwirrt an, dann grinste er, schwang sich auf dem Absatz herum und schritt davon; ich dicht hinter ihm, die Pistole in der Hand.

Auf diese Weise gingen wir etwa eine halbe Meile weiter, bis wir zu einer kleinen Hütte kamen, die abseits vom Rest der Stadt stand. Etwa fünfzig Schritte von der Hütte entfernt hielt mein Führer kurz an.

»Dort finden Sie Ned England«, sagte er, »und selbst für zehn Guineen gehe ich nicht weiter, denn ich habe keine Lust, mir die 'schwarze Zunge' einzufangen. Und wenn Sie auf einen Ratschlag hören, Schiffskamerad, dann machen Sie selbst einen großen Bogen darum.«

Ich war mir sicher, dass der Mann mir die Wahrheit sagte, zahlte ihm seine Guinee, wandte mich ab und ließ ihn stehen, und als ich vor der Hütte stehen blieb und zurückblickte, sah ich, dass der Mann noch immer an derselben Stelle stand und mir nachschaute.

Ich muss gestehen, dass mich selbst die Angst vor der schrecklichen Krankheit ein wenig überkam, weshalb ich einen Moment stehen blieb, bevor ich an die Tür klopfte, aber ich besann mich bald darauf, dass dies das einzige Mittel war, die Rose des Paradieses wiederzuerlangen, und sei es unter Einsatz meines eigenen Lebens.

Deshalb klopfte ich laut mit dem Kolben meiner Pistole an die Tür.

Der Mann, der mich hergeführt hatte, stand immer noch an der gleichen Stelle und rief mir zu, dass niemand mein Klopfen hören würde. Ich stieß also die Tür auf und trat in die Hütte ein.

Eine Zeit lang sah ich nichts, denn es war sehr dunkel darin. Aber ich hörte eine heisere und schnatternde Stimme, die kaum über ein Flüstern hinausging und unaufhörlich rief: »Hart-nach-Lee! – Hart-nach-Lee! Hart-nach-Lee!«

Allmählich gewöhnten sich meine Augen an die düstere Umgebung, und ich konnte die Dinge um mich herum klarer erkennen.

Dort, in der Ecke des Raumes, auf einer Matte aus schmutzigen Lumpen liegend, sein Körper fast ein Skelett, seine blutunterlaufenen Augen, die unter seinem verfilzten Haar hervorlugten, erblickte ich den berühmten Piraten, Captain Edward England.

Dort, in der Ecke, erblickte ich den berühmten Piraten, Captain Edward England.

XVI.

Ich kann wahrlich sagen, dass ich, als ich den bedauernswerten Zustand des armen Kerls sah und wie er dalag, ohne dass ihm auch nur eine einzige Seele die Lippen befeuchtete oder ihm einen Schluck kaltes Wasser gab, für eine Weile meine eigenen Sorgen vergaß und nur an seinen bedauernswerten Zustand dachte.

Ich weiß manchmal nicht, ob ich um einen so bösen und blutigen Mann hätte trauern sollen, der jahrelang nichts anderes getan hatte, als die schrecklichsten Verbrechen zu begehen, wie Mord und Seeräuberei und dergleichen, doch als ich ihn so niedergeschlagen, hilflos und von allen seinesgleichen verlassen liegen sah, konnte ich nicht anders, als von Mitleid ergriffen zu sein.

Ich dachte deshalb weder an die Gefahr, die von seinem Fieber ausging, noch an die vielen schweren Verletzungen, die er sowohl mir als auch anderen zugefügt hatte, sondern nur daran, seine gegenwärtige Not zu lindern.

Mein erster Gedanke war, ihn zu waschen und sauberer zu machen, und so holte ich Wasser aus einem Bach, den ich in der Nähe dieses Ortes hatte fließen sehen, und wusch seine Hände und sein Gesicht und so viel von seinem Körper, wie es mir notwendig erschien.

Dann sammelte ich einige frische Palmblätter und bedeckte sie mit einem Stück Segel, das ich zusammengerollt im hinteren Teil der Hütte fand, und nachdem ich so ein sauberes und bequemes Bett daraus gemacht hatte, trug ich den armen Kerl dorthin und legte ihn darauf.

Da ich an diesem Morgen noch nichts gegessen hatte, ging ich zurück in die Stadt und kaufte ein Stück Fleisch und etwas frisches Obst, und kam dann wieder zurück zur Hütte.

Ich bemerkte hier und da einige Leute, die mir nachschauten, aber sie sagten nichts zu mir und belästigten mich auch nicht in irgendeiner Weise.

Später erfuhr ich, dass mein Führer die Nachricht von meinem Besuch in Englands Hütte so verbreitet hatte, dass viele davon wussten und mich für einen Freund des Piraten und sogar für einen Teilhaber an seinen bösen und schändlichen Taten hielten.

Ob es daran lag, oder an der Furcht vor einer Ansteckung mit dem Fieber, weiß ich nicht, aber sicher ist, dass ich nicht ein einziges Mal belästigt wurde, solange ich auf der Insel war.

Als ich in die Hütte zurückkehrte, schien mir, dass der Kranke weniger Fieber hatte, als ich ihn verlassen hatte. Das lag vielleicht an der Erfrischung, weil ich ihn gewaschen hatte, vielleicht aber auch daran, dass der kritische Punkt seines Leidens erreicht war und seine

Beschwerden nun in ihrer Wirkung nachgelassen hatten.

Einige Zeit nach Mittag saß ich neben dem Kranken und fächelte ihm und mir selbst Luft zu, denn obwohl die Nächte um diese Jahreszeit kühl waren, war es in der Mitte des Tages sehr heiß und schwül.

Er hatte aufgehört, unaufhörlich zu murmeln und zu reden, und lag nun ganz still da, obwohl er im Fieber kurz und schnell atmete.

Plötzlich sprach er. »Wer sind Sie?«, sagte er mit einer schnellen, scharfen Stimme.

Zuerst dachte ich, er würde noch immer in seinen Gedanken schweifen, aber als ich ihn ansah, bemerkte ich, dass seine blutunterlaufenen Augen auf mich gerichtet waren. Ich legte meine Hand auf seine Stirn, und obwohl sie immer noch sehr heiß war, hatte ich das Gefühl, dass die Haut nicht mehr so trocken und hart war wie zuvor.

»Wer sind Sie?«, fragte er wieder in demselben Ton.

»Ruhig«, sagte ich, »bleiben Sie still liegen und ruhen sich aus. Sie sind sehr krank gewesen.«

»Sind Sie Jack Mackra?«, fragte er.

»Ja«, sagte ich.

»Und was machen Sie hier?«, fragte er.

»Ich bin gekommen, um mich um Sie zu kümmern«, sagte ich, »aber jetzt ruhen Sie sich aus, denn ich werde keine einzige Frage mehr beantworten, das verspreche ich Ihnen.«

Er versuchte, nicht mehr zu sprechen, sondern lag ganz still da, als ob er nachdachte; und als ich ihm Luft zufächelte, sah ich, wie er die Augen schloss und nach einer Weile erkannte ich an seinem tiefen und regelmäßigen Atmen, dass er schlief und das Fieber gesunken war.

Wenn ich mich an all diese Umstände erinnere, denke ich, dass ich bis zu diesem Zeitpunkt wenig oder gar nicht an den Schatz gedacht hatte, nach dem ich gesucht hatte.

Aber jetzt, als ich den kranken Mann ziemlich schläfrig und auf dem Weg der Besserung sah, kehrte mein Geist sofort wieder zu dem Stein zurück, denn ich fühlte mich sicher, dass ich ihn oder einige Zeichen davon an dem Ort finden würde, an dem ich mich gerade befand.

Es ist nicht nötig, die ganze Art und Weise aufzuzählen, in der ich meine Suche nach dem Edelstein verfolgte, denn ich untersuchte nicht nur jeden Fetzen Papier, der sich an diesem Ort befand, in der Hoffnung, irgendetwas darüber zu finden, sondern ich klopfte die Wände ab und durchbohrte fast jeden

Zentimeter des schmutzigen Bodens mit einem angespitzten Holzstab, fand aber nirgendwo ein einziges Zeichen davon.

Ich durchsuchte sogar die Taschen der Hose, die der Kranke trug, und die seines Mantels und seiner Weste, die an der Wand hingen, aber ich fand nichts, was meine Suche belohnt hätte – nur einen Behälter mit Nadeln und Faden, einen Schneiderfingerhut, ein großes Stück Tabak, wie es Seefahrer immer bei sich tragen, ein Garnknäuel von der Größe einer halben Orange und ein Haspelmesser.

Ich kann die bittere Enttäuschung nicht beschreiben, die von mir Besitz ergriff, als sich meine Suche als so wenig erfolgreich erwies; denn ich hatte mich so sicher gefühlt, das Juwel oder irgendwelche Spuren davon zu finden, und ich hatte mich ebenso sicher gefühlt, es wieder in Sicherheit bringen zu können, sodass ich es nicht ertragen konnte, meine Suche aufzugeben, sondern sie fortsetzte, selbst als jede Hoffnung erloschen war.

Als ich mir endlich eingestehen musste, dass ich gescheitert war, geriet ich in eine unvernünftige Wut auf den armen, hilflosen, fieberkranken Kerl, obwohl ich doch gerade alles getan hatte, was in meiner Macht stand, um ihm zu helfen und ihm in seiner Not und Krankheit beizustehen.

'Warum sollte ich ihn nicht dort verrotten lassen, wo er ist?', rief ich innerlich in meinem Zorn; 'warum sollte ich einem Menschen weiter beistehen, der mir so viel Schaden zugefügt und mich aller Nützlichkeit und Ehre in dieser Welt beraubt hat?'

Ich rannte aus der Hütte und lief wie ein Verwirrter auf und ab, ohne zu wissen, wohin ich ging.

Aber nach und nach wurde mir klarer, was richtig war, und dass ich den armen und hilflosen Kerl in seiner Stunde der Not nicht im Stich lassen sollte.

Deshalb ging ich zurück in die Hütte und machte mich an die Arbeit, eine Brühe für ihn zu kochen, bis er aufwachen würde, denn ich sah, dass das Fieber gesunken war und dass er wahrscheinlich gesund werden würde.

Ich gab die Suche nach dem Stein weder an einem, noch an zwei, noch an drei Tagen auf, sondern setzte sie fort, wann immer sich die Gelegenheit bot und der Pirat schlief, aber mit ebenso wenig Erfolg wie am Anfang, obwohl ich überall danach suchte.

Was Captain England selbst betrifft, so begann sich sein Zustand vom ersten Tag an, an dem ich kam, zu bessern.

Schließlich erwachte er aus seinem ersten Schlaf fast ohne Fieber, und der ganze Wahnsinn war aus seinem Kopf verschwunden.

Er sprach danach aber lange Zeit nicht ein einziges Mal davon, wie seltsam es war, dass ich mich in seiner Krankheit um ihn kümmerte, noch davon, wie ich dorthin gekommen war, noch von meinen Gründen für mein Kommen.

Dennoch verfolgte er von dort, wo er lag, mit seinen Augen alle meine Bewegungen, wenn ich mich in der Hütte bewegte.

Eines Tages jedoch, nachdem ich etwas mehr als eine Woche dort gewesen war und er sich in eine grobe Hängematte legen konnte, die ich vor der Tür aufgehängt hatte, fragte er mich plötzlich, ob einer seiner Kumpane ihm bei der Krankenpflege geholfen habe, und ich verneinte.

»Und wie sind Sie dazu gekommen?«, fragte er.

»Nun«, sagte ich, »ich war geschäftlich hier und fand Sie fast tot an diesem Ort liegen.«

Er sah mich eine Weile sehr seltsam an und brach dann plötzlich in ein lautes Lachen aus. Danach blieb er einige Zeit still liegen und beobachtete mich, aber bald darauf sprach er wieder.

»Und haben Sie ihn gefunden?«, sagte er.

»Was gefunden?«, fragte ich nach einer Weile, denn ich war über die Frage völlig verblüfft und fand zunächst kein Wort.

Er brach nur wieder in Gelächter aus. »Ihr psalmsingenden, bibeltreuen, strenggläubigen puritanischen Kapitäne seid so scharf wie eine Segelnadel; ihr schnüffelt im Haus eines Mannes herum und sucht, was ihr finden wollt, und das alles unter dem Vorwand, einen Akt der Menschlichkeit zu vollbringen, aber am Ende findet ihr einen ehrlichen Teufel von einem Piraten, der es mit euch aufnehmen kann.«

Ich gab darauf keine Antwort, aber mein Herz sank in mir, denn ich erkannte, was ich schon vorher hätte wissen können, dass er den Grund meines Kommens bemerkt hatte.

Er wurde bald stark genug, um sich ein wenig zu bewegen, und von da an bemerkte ich eine große Veränderung an ihm, und dass er mich sehr arglistig zu betrachten schien.

Als ich eines Abends nach einer Abwesenheit in der Stadt in die Hütte kam, sah ich, dass er eine seiner Pistolen von der Wand heruntergenommen hatte, sie lud und den Feuerstein anhob. Er behielt diese Pistole einige Tage lang bei sich und spielte ständig mit ihr, spannte sie und ließ den Hahn wieder sinken.

Ich weiß nicht, warum er mir damals nicht in den Kopf geschossen hat; denn ich glaube fest daran, dass er es vorhatte, und das mehr als einmal.

Und wenn ich jetzt auf die Sache zurückblicke, erscheint es mir wie ein Wunder, dass ich aus diesem Abenteuer mit dem Leben davongekommen bin. Selbst wenn ich gewusst hätte, dass der Tod auf mich wartete, bezweifle ich, dass ich diesen Ort verlassen hätte; denn in Wahrheit konnte ich, nachdem ich, wie vorstehend beschrieben, von der *Lavinia* entkommen war, nirgendwo anders hingehen, noch konnte ich mich jemals wieder in England oder bei meinen eigenen Leuten blicken lassen.

So standen die Dinge, bis eines Morgens die ganze Angelegenheit so plötzlich und unerwartet zu Ende ging, dass ich lange Zeit das Gefühl hatte, alles sei ein Traum, aus dem ich bald erwachen würde.

Wir saßen schweigend beieinander, er in einer sehr launischen und bitteren Stimmung. Er hatte seine Pistole auf den Knien liegen, wie er es an diesen Tagen zu tun pflegte.

Plötzlich drehte er sich wie in einem Anfall von Wut zu mir um. »Was treiben Sie sich in diesem verfluchten Fieberloch herum«, rief er, »was wollen Sie hier, mit ihrem frommen Gesicht und ihrem gottesfürchtigen Getue?«

»Ich bleibe hier«, sagte ich verbittert, »weil ich nirgendwo anders hingehen kann.«

»Und was wollen Sie?«, fragte er.

»Das wissen Sie«, sagte ich, »das wissen Sie, so gut wie ich selbst.«

»Und glauben Sie«, sagte er, »dass ich es Ihnen geben werde?«

»Nein«, sagte ich, »das glaube ich nicht.«

»Sehen Sie, Jack Mackra«, sagte er sehr langsam, »Sie sind der einzige Mann hier, der etwas von dem roten 'Kiesel' weiß« (hier hob er seine Pistole und richtete sie direkt auf meine Brust). »Warum sollte ich Sie nicht wie einen Hund abschießen und für immer mit Ihnen fertig werden? Ich habe schon viele bessere Männer als Sie für weniger als das hier erschossen.«

Ich spürte, wie jeder Nerv bebte, als ich die Pistole auf meine Brust gerichtet sah und seine grausamen, bösen Augen hinter dem Lauf, aber ich war fest entschlossen, standhaft zu bleiben und mich ihm zu stellen.

»Sie können schießen, wenn Sie wollen, Edward England«, sagte ich, »denn ich habe nichts mehr, wofür ich leben könnte. Ich habe durch Sie meine Ehre und alles außer meinem Leben verloren, und das können Sie genauso gut nehmen wie den Rest.«

Er zog die Pistole zurück und betrachtete mich eine Weile mit einem unheilvollen Blick, und ich glaube, eine Zeit lang hing mein Leben in der Schwebe, so leicht wie eine Feder, die sich in die eine oder andere Richtung bewegen kann.

Plötzlich griff er mit der Hand auf seine Brust und holte das Garnknäuel hervor, das ich neben anderen Dingen in seiner Tasche gesehen hatte.

Er schleuderte es mir mit aller Kraft entgegen, mit einem großen Schrei, als ob er wütend und verzweifelt wäre.

»Nehmen Sie ihn«, brüllte er, »und der Teufel soll mit Ihnen gehen! Und nun weg von hier, und zwar schnell, sonst schieße ich Ihnen sogar jetzt noch eine Kugel durch den Kopf.«

Ich wusste sofort, was in das Garnknäuel eingewickelt war, sprang nach vorne, schnappte es mir und rannte, so schnell ich konnte, von diesem Ort weg. Ich hörte ein weiteres Gebrüll und gleichzeitig den Schuss einer Pistole und das Zischen einer Kugel. Mein Hut flog vor mir weg, als wäre er mir vom Kopf gerissen worden.

Ich zögerte nicht, ihn aufzuheben, sondern rannte weiter, ohne anzuhalten; aber bis heute kann ich nicht sagen, ob Edward England mich absichtlich oder aus Schwäche verfehlt hat; denn es war ein Volltreffer gewesen, und ich habe selbst einmal gesehen, wie er bei einer gewöhnlichen Veranstaltung in Jamaika mit einer Pistolenkugel den Stiel eines Weinglases zerschossen hatte.

Was mich betrifft, so war das Ganze so schnell und unerwartet geschehen, dass ich keine Zeit hatte, mich zu freuen oder zu jubeln, sondern mit entblößtem Kopf weiterlief, als wäre ich des Verstandes beraubt; denn ich wusste, dass ich nicht nur den großen Rubin in der Hand hielt, sondern auch meine Ehre und alles, was mir in meinem Leben lieb war.

Aber obwohl England mir den Stein so großzügig geschenkt hatte, wusste ich, dass ich nicht länger an diesem Ort bleiben durfte. Von dem Geld, das ich beim Verlassen der *Lavinia* an Land gebracht hatte, hatte ich noch fünf bis sechs Guineen übrig. Mit diesem Geld heuerte ich einen französischen Fischer an, der mich nach Madagaskar bringen sollte, wo ich hoffte, entweder nach Europa oder nach Ostindien zurückkehren zu können.

Wie es der Zufall wollte, trafen wir auf eine englische Barke, die *Kensington*, die vor der Nordküste dieses Landes nach Kalkutta fuhr, und ich sicherte mir einen Liegeplatz an Bord, wobei ich als einfacher Seemann fuhr; denn ich wollte meinen Namen nicht verraten und so gezwungen sein, das Geheimnis des großen Schatzes, den ich bei mir hatte, preiszugeben.

Nach meiner Ankunft in Kalkutta hatte ich das Glück, ein Schiff zu finden, das sich bereit gemacht hatte, nach Bombay auszulaufen, wo ich mir einen Liegeplatz sicherte, und so kam ich etwa Mitte März sicher dort an.

Ich hatte das Garnknäuel entrollt und den Stein betrachtet, sobald ich dazu in der Lage war, nachdem ich ihn in meinen Besitz gebracht hatte. Als ich dann feststellte, dass er sicher und unversehrt war, wie ich ihn zuletzt gesehen hatte, rollte ich es wieder zusammen, denn ich sah, dass es kein besseres Versteck für ihn gab als das, welches der schlaue Seeräuber vorgesehen hatte.

So trug ich während der ganzen letzten Reise ein Vermögen von dreihundertfünfzigtausend Pfund in meiner Tasche, eingewickelt in ein Garnknäuel.

Es war früh am Morgen, als wir in Bombay ankamen, und sobald ich dazu in der Lage war, teilte ich dem Kapitän, unter dem ich gesegelt war, meinen Namen und meinen Zustand mit und schaffte es, ihn von der Bedeutung meines Auftrags zu überzeugen, ohne ihm etwas über den Stein zu verraten.

Er war mit gegenüber sehr entgegenkommend und hätte mich gern in einer passenderen Art und in einige seiner eigenen Sachen eingekleidet, denn ich war nicht besserangezogen als die anderen Seeleute, mit denen ich die ganze Zeit zusammen war.

Ich war aber zu ungeduldig, um meinen Landgang auch nur einen Augenblick länger hinauszuzögern, als es nötig war, und so schickte er mich freundlicherweise ohne weitere Verzögerung fort.

Ich begab mich direkt zur Residenz, und obwohl die Bediensteten mich gerne aufgehalten hätten, bestand ich mit Worten und Nachdruck darauf, dass sie sich gezwungen sahen, mich direkt in die Gegenwart des Gouverneurs zu führen.

Ich fand ihn mit Mistress Pamela beim Frühstück im Schatten einer großen Veranda mit Blick auf einen schönen und üppigen Garten.

Der Gouverneur erhob sich, als ich auf ihn zukam, und sah sehr überrascht aus über meine Kühnheit, mit der ich mich in seine Privatsphäre drängte.

Was Mistress Pamela betraf, so sah ich, wie ihre Augen weit aufgerissen wurden und ihr Gesicht so weiß wie Marmor war, und wusste daher, dass sie mich sofort erkannt hatte.

Ich ging direkt zum Tisch und holte das Juwel hervor, das noch in das Garn eingewickelt war (denn meine Aufregung war so groß, dass ich nicht daran gedacht hatte, diese Hülle vom Stein abzunehmen), und legte es auf den Tisch, wobei meine Hände wie bei einem Fieberanfall zitterten.

»Was hat das alles zu bedeuten?«, rief der Gouverneur. »Wer sind Sie, und was wollen Sie?«

Ich war wohl durch das harte Leben, das ich hinter mir hatte, äußerlich sehr verändert, und er erkannte mich nicht.

Aber ich zeigte nur auf das Garnknäuel. »Öffnen Sie es«, rief ich, »um Gottes willen, öffnen Sie es!«

Ich sah ein plötzliches Leuchten in den Augen von Mistress Pamela. Sie schlug die Hände zusammen und wiederholte meine Worte:

»Öffne es, öffne es!«

Der Gouverneur selbst schien von unserer Erregung geschockt zu sein, denn anstatt sich die Mühe zu machen, das Garn abzuwickeln, nahm er ein Brotmesser und schnitt die Fäden durch, sodass sie auseinanderfielen und das Juwel auf die weiße Leinentischdecke rollte.

Der Gouverneur starrte es wie vom Donner gerührt an. Dann hob er langsam seinen Blick und sah mich an. »Was ist das?«, fragte er.

In der Zwischenzeit hatte ich mich von meiner übermäßigen Erregung etwas erholt. »Sir«, sagte ich, »es ist die Rose des Paradieses«.

»Und wer sind Sie?«

»Ich bin Captain John Mackra.«

Der Gouverneur ergriff meine Hand und schüttelte sie herzlichst. »Sir«, sagte er, »Captain Mackra, ich bin hocherfreut, Sie als einen solchen Mann vorzufinden, wie meine Nichte immer behauptet hat, dass Sie es sind. Die kleine Rebellin hat mir ein höchst unruhiges und beunruhigendes Leben beschert, seit ich gezwungen war, Sie unter Zwang nach England zurückzubeordern.«

»Ich überlasse Sie nun als Gefangener in ihren Händen und vertraue darauf, dass sie Ihnen eine berühmte Teespeise zubereitet, während ich gehe und diesen großen Schatz an einen sicheren Ort bringe. Ich werde bald zurückkehren, denn ich bin sehr gespannt auf Ihre Schilderung der Ereignisse, die zur Wiedererlangung dieses Steins geführt haben.«

Mit diesen Worten drehte er sich um und verließ uns mit der Rose des Paradieses, und ich setzte mich zu einer Tasse Tee mit Mistress Pamela.

Als der Gouverneur zurückkehrte, musste er sich zunächst andere Angelegenheiten als die der Rose des Paradieses anhören, denn Pamela Boon hatte mit seiner Zustimmung versprochen, meine Frau zu werden.

ENDE